ALPHY DAVID

TIEF VERBORGEN

Aus dem Englischen
von Jonathan Beile

DEO SUPREMO
ALPHY SCHOOL

ALPHY DAVID
TIEF
VERBORGEN
ALPHY BOOKS

Tief verborgen

Erste Druckausgabe 2023.

ISBN: 978-3-9505216-3-4 (Paperback)
ISBN: 978-3-9505216-5-8 (E-Book)

Buchgestaltung von David Vundi.

Alphy School

www.alphyschool.org

Für

meine kleine Schwester,

Xenia Anoushka

1

Springville, Utah
Dezember 1953

Jack hatte seinen Wollschal so eng um den Hals geschlungen, dass er die untere Hälfte seines „Gesichts verdeckte. Mit der einen Hand schleppte er einen Koffer über die raue, gepflasterte Straße, die andere hatte er tief in die Tasche gesteckt. Jack blickte nach unten und konzentrierte sich nur auf seine Schritte und nicht auf sein Ziel.

„Vorsicht, mein Lieber!“, sagte Jacks Tante Felicity mit einer Stimme voller vorgetäuschter Freundlichkeit. „Bist du sicher, dass du den Koffer tragen willst, Jack? Das kann dein Onkel für dich tun.“

Jack schüttelte den Kopf und ging weiter.

„Weiß der verflixte Junge nicht, wie man spricht?“, fragte sein Onkel Daniel und rieb seine gefrorenen Hände aneinander.

„Anscheinend nicht“, sagte Felicity. Sie warf Jack einen strengen Blick zu und ging weiter.

Jack sah kurz auf und betrachtete die schneebedeckte Straße. Auf beiden Seiten der Straße befanden sich kleine Läden: Bäckereien, Restaurants und andere interessante Geschäfte. Jack schaute wieder nach unten und stapfte weiter durch den Schnee. Plötzlich hörte er etwas. Er schloss die Augen und lauschte den Geräuschen der Straße.

Tasten wurden gedrückt, Saiten wurden gespielt. Der Klang der Musik drang in Jacks Ohren und fand seinen Weg zu seinem Herzen.

Debussys Violinsonate in g-Moll, dachte Jack, eine meiner Lieblingsstücke.

Er ging vorwärts, und seine Augen schweiften umher, um zu sehen, woher die Musik kam. Schließlich blieben sie an einem kleinen Laden hängen, der zwischen einer Bäckerei und einem Buchladen versteckt lag.

Annas Laden

Jack starrte den Laden an und prägte ihn sich ein. Er achtete nicht darauf, wohin er ging. Es passierte alles sehr schnell. In der einen Sekunde ging Jack noch und in der nächsten lag er ausgestreckt auf dem Bürgersteig.

„Es tut mir leid! Es tut mir leid!“, rief eine angenehme Stimme. „Ich habe dich nicht gesehen!“

Jack hörte die letzten Worte nicht. Sein Schal war heruntergefallen und sein Gesicht war entblößt. Er sah sich nach seinem Schal um, konnte ihn aber nicht finden. Er wandte sein Gesicht ab, um die linke Seite seines Gesichts zu verbergen. Doch dann blickte Jack auf und sah ein Mädchen, das ihn anstarrte. Sie griff seinen Arm und half ihm auf. Sie hob seinen Schal auf (auf dem er gelegen hatte) und reichte ihn dem Jungen. Dann schaute sie direkt in sein Gesicht.

Jacks Ohren waren heiß. Er atmete schwer und weigerte sich, sie anzuschauen. Er wollte nicht den entsetzten Gesichtsausdruck des Mädchens sehen. Er wollte nicht sehen, wie sie sich abrupt abwandte. Zu seiner Überraschung blieb das Mädchen stehen und starrte ihn an, bis er gezwungen war, ihr in die Augen zu sehen.

Was war das?

Das Mädchen lächelte ihn an. Sie hatte dunkle Augen und dichte Wimpern. Ihr schwarzes Haar war zu zwei französischen Zöpfen geflochten, und sie hatte ein schönes, seltsames Lächeln. Jack konnte anhand ihres Lächelns sofort erkennen, was für ein Mensch sie war.

Jacks Hand berührte instinktiv sein Gesicht, wo eine lange Narbe über seine linke Wange verlief. Man konnte klar die Stiche sehen, mit denen die Wunde genäht war. Sie begannen an Jacks Ohr und gingen bis unter sein Kinn. Die meisten Leute waren entsetzt darüber. Sie mieden ihn, als ob er eine Art Monster wäre.

Dieses Mädchen schien jedoch kein Problem damit zu haben.

„Es tut mir leid“, wiederholte sie. Sie trug einen Korb voller Früchte.

„D-das ist schon in Ordnung.“ Jacks Stimme überschlug sich, und er wurde rot.

Er sah sich nach seiner Tante und seinem Onkel um. Daniel wartete am Ende der Straße auf ihn und klopfte ungeduldig mit dem Fuß. Jack schenkte dem Mädchen ein kurzes Lächeln und eilte zu Daniel. Dann begannen sie wieder zu laufen. Die Straße wurde bald steil, und Jack hatte Mühe, Schritt zu halten. Vor zwei hohen Holztüren blieben sie stehen. Auf beiden Seiten standen Hecken, die so hoch wie die Türen waren und den dahinter liegenden Platz verdeckten.

Daniel öffnete die Tür, und sie gingen alle hinein. Jack schnappte unwillkürlich nach Luft. Vor ihm lag ein großer Hof, der von Bäumen umgeben war. In der Mitte stand ein Springbrunnen und der Kiesweg, auf dem Jack stand, teilte sich in zwei Teile, schlängelte sich um den Springbrunnen herum und vereinigte sich wieder. Er führte zu einem weißen Herrenhaus. Schnee glitzerte auf dem Dach und auf dem Weg.

Es gab eine einzige Spur von Fußabdrücken im Schnee. Jack ging vorsichtig in jener Spur, um den Schnee nicht zu beschädigen. Die Fußabdrücke erinnerten ihn an Musiknoten, weil sie konstant und gleichmäßig waren. Jack lächelte bei dem Gedanken daran.

„Bist du dafür nicht ein bisschen zu alt?“, fragte Felicity und lief achtlos durch den Schnee.

Jack antwortete nicht. Er folgte ihr zur Eingangstür.

Daniel klopfte.

Während sie darauf warteten, dass jemand die Tür öffnete, bemerkte Jack eine silberne Plakette, die an der Wand hing.

Dr. Thomas Willows, PhD, M.Phil., M.Ed.

Jack spürte einen Anflug von Wut in sich aufsteigen. Das war der Fremde, dem er nun überlassen werden sollte. Er wollte die Plakette von der Wand reißen und in Stücke schlagen. Thomas Willows war ein guter Freund von Daniel und Felicity.

Jeder ihrer Freunde war sein Feind.

2

Die Tür wurde von einem Mann geöffnet, der den Anzug eines Butlers trug. Er sah sie alle drei einen Moment lang an und lächelte dann.

„Mr und Mrs Stanley!“, rief er, „Willkommen! Bitte treten Sie ein.“

Er nahm ihre nassen Mäntel und hängte sie zum Trocknen auf. Jack betrachtete die Eingangshalle. Ein langer roter Teppich führte zu einer prunkvollen Doppeltreppe. Auf beiden Seiten der Halle befanden sich einige Zimmer.

„Bitte folgen Sie mir. Ich bin Rogers, der Butler von Mr Willows. Er erwartet Sie bereits“, sagte Rogers und führte sie die Treppe hinauf und einen langen Korridor hinunter. An dessen Ende befand sich eine Holztür. Rogers klopfte an.

„Herein", knurrte eine Stimme.

Sie betraten einen wunderschönen, mit Gemälden gefüllten Raum. Der Raum war durch die vielen Fenster in Sonnenlicht getaucht. In der Mitte des Raumes war ein Glastisch aufgestellt. Ein Mann in einem karierten Anzug und passenden Hosen saß in einem der vielen Lehnsessel. Er hatte dunkles Haar und dramatische braune Augen. Jack blickte ihn kurz an.

Hatte der Mann geweint?

Jack wandte seinen Blick ab, als der Mann aufstand.

„Daniel, Felicity", sagte er und ging auf sie zu. Er sprach elegant: „Wie schön, euch wiederzusehen. Es ist schon lange her."

„Ja, das ist es, Thomas", sagte Daniel und schüttelte seine Hand.

Jack sah nach unten, damit Thomas Willows sein Gesicht nicht sehen konnte. Er versuchte, sich hinter Felicity zu verstecken. Thomas sprach ihn trotzdem an.

„Und das ist wohl der junge Jack", sagte er.

Jack sah zu Thomas auf, der nicht lächelte. Jede Spur von Tränen war verschwunden.

„Freut mich, Sie kennenzulernen, Sir“, flüsterte Jack und schüttelte seine Hand.

Thomas nickte ihm zu.

„Wir können dir nicht genug dafür danken, Thomas“, sagte Felicity. „Daniel und ich haben uns schon so auf diesen Ausflug gefreut. Wir wollen Jack nicht herumschleppen und ihn zu Tode langweilen.“

Jack schaute weg, damit niemand sah, wie er mit den Augen rollte. Rogers, der Butler, der an der Tür stand, schmunzelte.

„Keineswegs“, erwiderte Thomas. „Das ist das Mindeste, was ich tun kann.“

Einen Moment lang herrschte Schweigen. Jack konnte die Spannung zwischen seinem Onkel und seiner Tante und Thomas spüren.

Thomas räusperte sich: „Nun, unsere Köchin hat ein wunderbares Abendessen zubereitet. Ihr bleibt doch, oder?“

„Danke, alter Freund, aber wir müssen los“, sagte Daniel. „Unser Zug fährt bald ab.“

Sie gingen alle zurück in die Eingangshalle, wo Rogers Felicity und Daniel in ihre Mäntel half.

Daniel tätschelte Jack den Kopf, und Felicity beugte sich hinunter und küsste ihn auf die Wange. Jack spürte einen unerwarteten Stich in seinem Herzen und Tränen stachen ihm in die Augen.

„Sei brav, mein Schatz“, sagte Felicity. „Wir sind zurück, bevor du es merkst.“

„Bitte verlasst mich nicht“, wollte Jack sagen, aber seine Stimme wollte nicht funktionieren.

Daniel und Felicity bedankten sich noch einmal bei Thomas und dann waren sie weg. Jack stand neben Thomas und wusste nicht, was er tun sollte.

„Rogers, holen Sie die anderen in den Speisesaal, ja?“, sagte Thomas. Rogers tat, wie ihm geheißen.

Die anderen?, fragte sich Jack.

Thomas legte Jack eine Hand auf die Schulter und führte ihn einen weiteren Korridor hinunter: „Nun, Jack, ich möchte dir die anderen Bediensteten vorstellen, dann werde ich dich kurz durch das Haus führen.“

Jack nickte. Sie betraten den Speisesaal. In der Mitte stand ein langer Tisch für vielleicht zwölf Personen. Auch dieser Raum war mit großen Fenstern und Gemälden ausgestattet. Bald darauf betraten drei Personen mit Rogers den Raum und stellten sich vor Jack und Thomas.

„Das ist Marta, die Köchin“, sagte Thomas und wies mit einer Geste auf die Frau mittleren Alters, die ihr Haar zu einem festen Knoten gebunden hatte. Sie lächelte Jack an.

„Theo, der Gärtner.” Ein hübscher junger Mann mit blondem Haar und kräftigen Armen. „Ansley, die Haushälterin.“ Eine schöne junge Frau zwinkerte Jack zu. „Und Rogers, Martas Ehemann, hast du ja schon kennengelernt.“

Thomas runzelte die Stirn und sah sich um, als ob er etwas vergessen hätte.

„Ansley, wo ist Elodie?“, fragte er.

„Ich habe sie losgeschickt, um Lebensmittel für mich zu besorgen“, antwortete Ansley. „Sie sollte jeden Moment zurück sein...“

Eine Tür wurde zugeschlagen und jemand rief: „Ich bin hier! Ich bin hier!“

Jack hörte das Geräusch von schnellen Schritten und plötzlich stieß jemand mit Thomas zusammen.

„Und hier ist Elodie“, murmelte Thomas, „hier für kleine Aufgaben, aber hauptsächlich, um mit jeder lebenden Seele zusammenzustoßen, die sie finden kann.“

Elodie grinste und Jack erkannte sie als das Mädchen, das er auf dem Markt getroffen hatte. Sie sah aus wie eine kleinere Version von Ansley. Jack lächelte sie an.

„Wenn du jemals etwas brauchst, frag einfach einen von ihnen“, sagte Thomas zu ihm.

Danach zeigte Thomas Jack die Bibliothek („Die größte in der Stadt.“), das Arbeitszimmer („Mein privater Bereich, der nicht ohne Erlaubnis betreten werden darf.“), den Vorder- und Hinterhof („Perfekt ausgestattet.“) und den Wald hinter dem Hinterhof („Du wirst ihn unter keinen Umständen betreten.“)

Die Tour war endlich zu Ende, und Jack konnte kaum noch stehen.

„Ich nehme an, ich bringe dich jetzt auf dein Zimmer.“

Thomas führte Jack in den zweiten Stock und in ein großes Schlafzimmer mit einem Himmelbett, einem Eichenschrank, einem kleinen Schreibtisch und einer Kommode. Die Tapete war goldfarben und warf einen sanften Schein in den Raum.

„Gefällt es dir?", fragte Thomas.

Jack nickte.

„Sprich, Junge", sagte Thomas, „ich habe dir eine Frage gestellt. Gefällt es dir?"

„Ja, Sir, das tut es", stammelte Jack.

„Von nun an wirst du mich Onkel Thomas nennen. Du solltest besser lernen zu sprechen, wenn du hier leben willst", sagte Thomas grob. „Mit deiner Narbe siehst du schon abstoßend genug aus. Wenn du auch noch still bist, werden dich die Leute für einen ungebildeten Troll halten."

Damit machte Thomas auf dem Absatz kehrt und ging.

Jacks Ohren brannten, er blinzelte die Tränen zurück und begann wütend auszupacken. Als er fertig war, knallte er den Koffer zu und schob ihn unter sein Bett. Jack fuhr mit einem Finger über seine Narbe und betrachtete sein Spiegelbild über der Kommode. Das Wort, das Thomas gesagt hatte, hallte immer wieder in seinem Kopf nach.

Abstoßend.

3

Das Abendessen war eine ruhige, unangenehme Angelegenheit. Thomas stellte Jack kurze Fragen, auf die er kurze Antworten gab. Jack ging früh zu Bett und rollte sich in der ungewohnten Decke ein. Es dauerte eine Weile, bis er sich daran erinnerte, wo er war, als er aufwachte. Jack schaute aus dem Fenster und sah, wie dicke Schneeflocken fielen. Dann klopfte es an der Tür.

„Herein“, sagte Jack.

Die Tür wurde von Ansley geöffnet.

„Guten Morgen, Master Jack.“ Ansley grüßte mit einem Lächeln: „Ich bin Ansley, falls du dich nicht mehr erinnerst.“

Jack lächelte sie schüchtern an.

„Ich bin gekommen, um dich zum Frühstück zu holen."

„Oh, ich komme gleich runter."

Jack zog sich schnell an und trat aus seinem Schlafzimmer. Ansley wartete auf ihn.

„Das Frühstück ist hier informell", erklärte Ansley, als sie zum Speisesaal gingen. „Man muss sich nicht so sehr herausputzen."

Sie deutete auf das, was Jack trug. Er nickte. Sie betraten den Speisesaal. Ein einzelner Teller stand neben mehreren Platten mit Speisen. Jacks Herz sank, es sah alles sehr klein und einsam aus.

„Du kannst dich jederzeit zu uns setzen, wenn du nicht allein essen willst", sagte Ansley, als sie sein gequältes Gesicht sah. „Es ist nicht so schick wie das hier, aber es ist bestimmt unterhaltsamer."

„Das hört sich gut an", sagte Jack.

Ansley führte ihn in den Raum gegenüber dem Speisesaal. Die Küche. Auf der einen Seite des Raumes befanden sich ein Herd und Schränke. Auf der anderen Seite stand ein hölzerner Esstisch, an dem Marta, Rogers, Theo und Elodie saßen. Ansley räusperte sich. „Wir haben einen Rekruten, Crew“, sagte Ansley. „Theo, hol ihm einen Stuhl.“

„Aye, aye, Kapitän“, sagte Theo und salutierte.

Elodie kicherte. Marta stand auf und stellte einen Teller vor Jack hin. Er war mit Essen gefüllt. Jack beäugte ihn besorgt und fragte sich, wie er das alles aufessen sollte.

„Keine Sorge, Master Jack“, lachte Theo, „es gibt einen streunenden Hund, der jeden Tag hierher kommt. Wir geben ihm all unsere Essensreste.“

Jack lächelte und nahm einen Bissen von dem Rührei. Seine Augen glänzten, und er konnte einen Seufzer nicht unterdrücken.

„Gut, nicht wahr? Marta macht das beste Essen in der Stadt“, lobte Ansley. Marta errötete vor Stolz.

„Ähm, entschuldigen Sie, aber ist es in Ordnung, dass ich hier bei euch sitze, während Mr Willows alleine isst?“, fragte Jack.

„Mr Willows ist bereits zur Arbeit gegangen, Master Jack,“ sagte Marta. „Noch mehr Rührei?“

„Danke“, antwortete Jack, „und ihr könnt mich alle Jack nennen.“

Das Frühstück war bald beendet, und alle räumten den Tisch ab, während Jack saß und nicht wusste, was von ihm erwartet wurde. Dann sah er ein Paar brauner Augen, die ihn aufmerksam anstarrten.

„Ich bin Elodie“, sagte das Mädchen und streckte ihm die Hand entgegen.

„Ich weiß, ich meine, Hallo.“ Jack wurde rot und schüttelte ihre Hand.

„Ich muss in die Stadt gehen“, sagte Elodie zu Jack. „Kommst du mit?“

„Ähm, klar.“

Elodie grinste und zog Jack in die Eingangshalle. Sie zogen ihre Mäntel an und schnürten ihre Stiefel zu. Jack band seinen Schal fest um seinen Hals. Er und Elodie gingen hinaus auf den weißen Hof. Wieder ging Jack in Elodies Fußstapfen, um den Schnee nicht zu stören. Elodie trug einen Korb und Schneeflocken fielen auf ihren unbedeckten Kopf.

Sie erinnerte Jack sehr an Rotkäppchen, mit ihren geflochtenen Haaren und dem hüpfenden Schritt.

„Fühlst du dich mit dem Schal nicht unwohl?“, fragte Elodie.

Jack schüttelte den Kopf: „Ich habe mich daran gewöhnt.“

„Und was ist im Sommer? Wie ähm bedeckst du dich dann?“, fragte Elodie, die nicht unhöflich klingen wollte.

„Ich gehe im Sommer nicht viel raus“, sagte Jack ihr. „Ich bleibe einfach im Garten meines Onkels.“

Elodie sah ihn eine Weile an: „Weißt du, niemand wird sich daran stören, dass du diese Narbe hast. Natürlich werden die Leute starren, aber wen kümmert das schon.“

Jack zwang sich, nicht mit den Augen zu rollen. Was wusste sie schon?

Elodie schwieg eine Zeit lang: „Darf ich fragen, was mit deinen Eltern passiert ist? Warum lebst du bei deiner Tante und deinem Onkel?“

Jack seufzte: „Meine Eltern starben, als ich noch klein war. Ich weiß nicht, wie; niemand will es mir sagen. Ich habe nicht einmal ihre Gräber gesehen. Deshalb lebe ich bei meiner Tante und meinem Onkel.“

„Oh, das tut mir leid.“

„Wohin gehen wir?“, fragte Jack, entschlossen dazu, nicht einen holprigen Start hinzulegen.

„Um Erdbeertörtchen in Peters Bäckerei zu kaufen“, antwortete Elodie. „Mr Willows hat eine Vorliebe für sie entwickelt.“

Sie gingen eine Weile spazieren und kamen dann an Peters Bäckerei vorbei: eine große Bäckerei mit einer Schaufensterauslage, die mit köstlich aussehenden Süßspeisen gefüllt war. Elodie und Jack gingen hinein. Der Geruch von frischem Brot und die Hitze hypnotisierten ihn. Als sie in der Schlange warteten, begann Jack zu schwitzen. Er kratzte sich unbehaglich am Hals. Endlich waren sie an der Reihe.

„Elodie!“, rief ein molliger Mann in einer Schürze. „Das Übliche?“

„Ja“, sagte Elodie und lächelte. „Danke, Mr Peters. Das ist Jack.“

„Das neue Mündel von Mr Willows, hm?“, sagte Mr Peters und kniff die Augen zusammen. „Freut mich, dich kennenzulernen.“

„Freut mich auch, Sir“, kam Jacks gedämpfte Stimme unter seinem Schal hervor.

Als Mr Peters die Bestellung für Elodie vorbereitete, bemerkte Jack, dass er direkt mit Elodie sprach und Jack auswich. Er fragte sich, woher Herr Peters wusste, dass er unter der Vormundschaft von Mr Willows stand. Als Mr Peters fertig war, reichte er Elodie eine kleine Schachtel, die sie in ihren Korb legte.

„Dankeschön, Herr Peters“, sagte sie, „auf Wiedersehen!“

Sie verließen den Laden und Jack atmete erleichtert auf. Er wandte sich um, um zum Herrenhaus zurückzukehren, aber Elodie begann, in den Laden nebenan zu gehen.

„Gehen wir nicht zurück?“, fragte Jack.

„Wir können nicht in die Stadt kommen, ohne Tyler und Marie zu besuchen“, antwortete sie.

Elodie legte ihren Arm um Jacks und hüpfte vorwärts. Jack sah sich den Laden neben der Bäckerei genauer an.

Annas Laden. Der Musikladen! Jack beschloss, dass es gar keine so schlechte Idee war, in ein weiteres Geschäft zu gehen. Er ging mit Elodie zum Eingang. In der Schaufensterauslage hingen zwei Geigen über einem kleinen Diorama eines Orchesters. Der Maestro hielt die Arme hoch. Sie gingen durch die Tür, und die Glocke über der Tür läutete. Es waren nur zwei weitere Personen im Laden.

Jack atmete ein. Der Geruch von Holz erfüllte die Luft. In der Ecke des Raumes stand ein Plattenspieler, der Beethovens 6. Sinfonie spielte. An der Wand hingen Geigen, in den Regalen standen Ziehharmonikas und Flöten, ein paar Celli und ein Flügel auf einem kleinen Podest in der Ecke.

„Na, wenn das nicht meine Lieblingskundin ist!", sagte ein Mann, der auf Elodie und Jack zukam. Er hatte lachende Augen und graues, braunes Haar.

„Guten Morgen, Tyler", grüßte Elodie lächelnd.

Eine Frau kam aus einem Raum hinter dem Tresen hervor und trug eine Schachtel mit Papier. Obwohl ihr Gesicht alt war, sah sie immer noch sehr gut aus.

„Hallo, Elodie", sagte sie, „Was können wir heute für dich tun?" Sie stellte die Schachtel ab und stützte die Ellbogen auf den Tresen.

„Ich wollte nur Hallo sagen, Marie“, sagte Elodie.

Marie schaute zu Elodie hinüber und sah Jack mit den Armen auf dem Rücken stehen. Ein Lächeln erhellte ihr Gesicht: „Und das muss Jack sein“, rief sie aus.

Jack sah überrascht auf: „Ja, Ma'am“, sagte er, „Woher wissen Sie das?“

„Elodie hat von dir geschwärmt, seit sie gehört hat, dass du kommst“, sagte Tyler lachend, „Sie hat einfach nicht aufgehört. Ich habe fast mein Gehör verloren.“

„Tyler, das habe ich nicht getan!“, sagte Elodie und versuchte, sich ihre Verlegenheit nicht anmerken zu lassen.

„Natürlich hast du das nicht, Elodie“, sagte Tyler und zwinkerte.

Jack lächelte.

Plötzlich drückte Elodie Jack den Korb in die Hand und lief zum Klavier hinüber. Sie öffnete den Deckel und ließ ihre Finger über die Tasten gleiten. Dann spielte Elodie eine kurze Polka und grinste.

„Tyler gibt mir Klavierunterricht. Ich habe dieses Klavier zum Üben benutzt“, erzählte sie ihm.

„Es wird immer besser, nicht wahr?“, sagte Marie. „Spielst du ein Instrument, Jack?“

Jacks Gesicht verfinsterte sich: „Na ja, früher schon.“

Alle warteten.

„Welches Instrument?“, fragte Elodie.

„Geige“, murmelte Jack.

Tyler lächelte: „Ich bin selbst Geigerin. Ich stelle sie auch her.“

„Irgendwann musst du für uns spielen, Jack“, sagte Marie.

Jack nickte und sah zu Boden; er schlurfte mit den Füßen. Elodie bemerkte, dass er sich unwohl fühlte, und beschloss, weiterzugehen.

„Wir müssen gehen“, sagte Elodie. „Ansley wartet schon auf uns. Bis später.“

„Ihr könnt jederzeit vorbeikommen“, sagte Tyler zu ihnen.

Elodie und Jack verabschiedeten sich von ihnen und traten nach draußen. Jack atmete die eisige Luft ein.

„Was war das?“, fragte Elodie.

„Was?“, fragte Jack irritiert.

„Du hast angefangen auszuflippen.“

„Es war einfach stickig da drin“, sagte Jack kurz und ging einige Schritte voraus.

Er fühlte sich furchtbar. Elodie war so nett zu ihm, und jetzt schnauzte er sie an. Aber Jack wollte den wahren Grund für seine Angst vor Maries Frage nicht zugeben. Er wollte die einzige Person, die ihn nicht verurteilte, nicht verängstigen. Zum Glück runzelte Elodie nur die Stirn und folgte ihm.

Auf dem Rückweg nach Hause sah Jack ein großes Gebäude mit vernagelten Fenstern. Die Farbe blätterte ab und an den Wänden türmten sich kleine Schutthaufen auf.

„Was ist das?“, fragte Jack.

„Das ist nur das alte Theater“, sagte Elodie ihm. „Es ist schon seit Jahren geschlossen.“

Sie gingen schweigend zum Haus zurück. Elodie führte Jack zur Hintertür, die in die Küche führte. Marta begrüßte sie bei ihrer Ankunft. Sie nahm den Korb von Elodie und fragte Jack, ob er ihr beim Backen helfen wolle. Jack stimmte mit einem angestrengten Lächeln zu. Er verbrachte den Rest des Tages damit, Marta in der Küche zu helfen und in seinem Zimmer zu lesen. Er versuchte, in der Bibliothek zu lesen, aber sie wirkte ihm zu groß.

Thomas kam gegen vier Uhr nach Hause und verschwand sofort in seinem Arbeitszimmer. Jack blieb in seinem Zimmer, trödelte und lehnte Elodies Angebote zum Spielen ab. Das Abendessen war wieder einmal ruhig und unangenehm. Jack konnte es kaum erwarten, in sein Zimmer zu gehen. Als er die Treppe hinaufging, hörte er Elodie und Ansley reden.

„Ich glaube, er mag mich nicht besonders, Ansley“, hörte er Elodie sagen.

„Warum sollte er dich nicht mögen?“, fragte Ansley.

„Er wollte nicht mit mir spielen, egal wie oft ich ihn darum gebeten habe. Ich habe sogar sein Zimmer dekoriert.“

„Er muss sich an viele neue Dinge gewöhnen, Elodie”, sagte Ansley ihr. „Gib ihm etwas Zeit und ich bin mir sicher, dass er dich mögen wird, sobald er dich besser kennenlernt.“

Jack hatte keinen Zweifel, dass sie über ihn sprachen, und er seufzte traurig. Elodie brauchte dringend Freunde. Er dachte über all das nach, während er im Bett lag. Er konnte weder schlafen noch seine rasenden Gedanken unterdrücken.

Wie sollte er ein Jahr lang an diesem Ort überleben?

4

Am nächsten Tag schlief Jack aus. Das Sonnenlicht, das durch das Fenster schien, weckte ihn. Jack rieb sich die Augen und sah auf die Uhr auf seiner Kommode. 12:30.

Habe ich so lange geschlafen?, fragte sich Jack, als er sich anzog.

Er trat auf den Korridor hinaus und wollte gerade die Treppe hinuntergehen, als er hinter sich Musik hörte. Jack drehte sich um und folgte der Musik durch das Haus. Jack erkannte das Lied als „Näher mein Gott zu dir“, das auf dem Cello gespielt wurde. Die Musik führte ihn nach oben in den zweiten Stock, wo er noch nie gewesen war.

Als Jack sich der Tür näherte, aus der die Musik kam, hörte das Lied abrupt auf und er hörte gedämpfte Rufe aus der letzten Tür im Korridor. Es herrschte Stille, und das Lied begann erneut. Jack schlich sich an die Tür heran und spähte durch das Schlüsselloch.

Er sah, wie Thomas ungeduldig dastand und jemand anderen im Raum zornig anstarrte.

„Stopp!“, schrie Thomas und rieb sich den Kopf. „Du kannst nicht einfach nur das Lied spielen. Da musst du schon etwas Gefühl reinbringen!“

Die Musik setzte wieder ein. Jemand tippte Jack plötzlich auf die Schulter und er fuhr zusammen.

„Entschuldigung, Jack“, sagte Ansley. „Ich wollte dich nicht erschrecken. Ich habe eine Nachricht für Mr Willows. Du versteckst dich besser hier. Niemand darf diesen Raum ohne Mr Willows' Erlaubnis betreten.“

Sie wies auf die in der Ecke aufgezogenen Vorhänge.

„Danke, Ansley!“, sagte Jack und schlüpfte hinter den Vorhang.

Ansley klopfte an die Tür.

„Was gibt's?“, brüllte Thomas.

Ansley öffnete vorsichtig die Tür: „Entschuldigen Sie die Störung, Sir, aber Mr Parker vom Labor ist am Telefon.“

„Ja, ja“, sagte Thomas, dann wandte er sich an die Person, die das Cello spielte: „Ich bin in fünfzehn Minuten zurück. Üben!“

Damit verließen er und Ansley den Raum. Jack schaute durch die Vorhänge und sah einen Jungen mit strohblondem Haar, der frustriert an den Cello-Saiten zupfte. Er sah aus, als wäre er etwa in Jacks Alter. Jack ging langsam in den Raum. Der Junge zog die Augenbrauen hoch und hörte auf zu spielen. Jack nahm sich einen Moment Zeit, um sich umzusehen. Er befand sich in einem Musikzimmer, das mit allen erdenklichen Instrumenten gefüllt war, die er je gesehen hatte. Große Fenster nahmen eine Seite des Raumes ein, und ein Holzregal voller Bücher befand sich auf der anderen Seite.

„Kann ich dir helfen?“, fragte der Junge.

„Tut mir leid, wenn ich störe“, sagte Jack und riss seinen Blick von seiner Umgebung los, „aber ich glaube, was Onkel Thomas meint, ist, dass du das Lied wie einen ruhigen Ozean beginnen solltest und es dann zu einem Sturm aufbaust."

Der Junge sah ihn an: „Ich habe keine Ahnung, was du gerade gesagt hast, Neffe von Mr Willows."

„Eigentlich bin ich nicht sein Neffe, ich..."

„Ehrlich gesagt, ist das gar nicht so schwer." Jack wurde von Elodie unterbrochen.

Beide Jungen sprangen auf.

Elodie schlenderte in den Raum und stemmte die Hände in die Hüften: „Fang einfach leise mit dem Lied an und steigere dich dann. Fühle dabei etwas, zum Beispiel Wut oder Schmerz."

„Und was weißt du über Musik, Elodie?", fragte der Junge.

„Mehr als du, du erbärmlicher Versager", sagte Elodie und ging zum Klavier hinüber, „fang einfach an, Carter."

Der Junge namens Carter atmete ein und begann zu spielen. Nach der ersten Strophe setzte sich Elodie zu ihm ans Klavier. Jack schloss die Augen und hörte zu. Sie spielten genau so, wie er es gesagt hatte. Es begann wie ein ruhiges Meer und steigerte sich zu einem tosenden Ozean.

Obwohl sie ein paar Noten ausließen, war es wunderschön. Als sie fertig waren, klatschte Jack.

Carter grinste: „Hey, das klang toll!“

Jack nickte: „Und du hast mit Gefühl gespielt. Übrigens, ich bin Jack.“

„Carter.“ Die Jungen gaben sich die Hand.

„Jedenfalls wollte ich dich fragen, ob du mit mir draußen spielen willst, Jack”, sagte Elodie, „Es gibt eine frische Schneedecke.“

„Darf ich auch mitkommen?“, fragte Carter.

„Sicher“, sagte Jack.

„Nein“, sagte Elodie gleichzeitig, „du hast eine Musikstunde.“

„Onkel Thomas unterrichtet Musik?“, fragte Jack erstaunt.

Elodie und Carter nickten.

„Er war hier in der Gegend ein berühmter Maestro“, sagte Carter ihm.

„Aber dann ist etwas passiert“, erklärte Elodie dramatisch. „Er hörte auf zu spielen, und das Theater musste schließen. Weißt du noch, wie wir es in der Stadt gesehen haben, Jack? Das Orchester hat aufgehört, weil die Löhne zu niedrig waren. Herr Willows unterrichtet jetzt nur noch Musik.“

„Nun, nur für mich“, murmelte Carter. „Der einzige Grund, warum Mr Willows zugestimmt hat, ist, dass mein Vater ein guter Freund von ihm ist.“

In diesem Moment stürmte Thomas in den Raum. „Elodie? Jack? Was macht ihr hier?“, fragte er. „Ihr habt keine Erlaubnis, hier zu sein!“

Elodie und Jack waren sprachlos.

Carter ergriff das Wort: „Ich habe sie gebeten zu kommen, Mr Willows. Elodie und Jack haben mir beim Üben geholfen.“

Bevor Thomas noch etwas sagen konnte, spielte Carter „Näher mein Gott zu dir“, so wie Elodie und Jack es erklärt hatten. Mit Gefühl. Thomas wartete, bis das Lied zu Ende war, und räusperte sich dann,

„Carter, es scheint, du hast dieses Lied gut gelernt. Du darfst jetzt gehen, wenn du willst.“

Das überraschte Carter: „Oh, ähm, danke, Sir.“ Eilig legte er sein Cello weg und stand auf. „Ich komme dann nächste Woche wieder zu Ihnen.“

Thomas nickte: „Bis nächste Woche.“

Elodie, Jack und Carter gingen schweigend den Korridor entlang. Als sie um die Ecke kamen, lief Carter die Treppe hinunter und legte sein Cello zur Seite. Er begann, sich seine Jacke anzuziehen.

„Wozu die Eile?“, fragte Jack und hetzte ihm hinterher.

„Wir gehen nach draußen, nicht wahr? Wir haben genau eine halbe Stunde, bis mein Vater mich abholen kommt.“ Carter grinste: „Lasst uns das Beste daraus machen.“

5

In den nächsten Wochen besuchte Carter Jack und Elodie häufig. Sie verbrachten ihre Zeit damit, draußen zu spielen oder sich in der Bibliothek zu unterhalten. Elodie und Carter taten immer noch so, als würden sie sich nicht mögen, aber Jack merkte, dass sie Freunde wurden. Jack begann, seine Zeit im Herrenhaus zu genießen. Seine Tage waren damit ausgefüllt zu lesen und Zeit mit Elodie und Carter zu verbringen. Das einzige wirkliche Problem war die Kirche.

Seine Tante und sein Onkel ließen ihn sonntags immer zurück und gingen allein in die

Kirche. Sie dachten, dass es für ihn zu schwer wäre, dorthin zu gehen. Thomas wollte jedoch nicht zulassen, dass Jack zurückblieb. Alle gingen mit und Thomas sagte, dass er für Jack keine Ausnahme machen würde. Niemand belästigte Jack in der Kirche. Die Leute starrten ihn an und tuschelten, wenn er vorbeiging, aber Thomas ging immer sofort nach dem Gottesdienst und Jack schloss sich ihm an. Obwohl Elodie und Carter noch blieben.

Eines Tages saßen Jack, Elodie und Carter in der Bibliothek und unterhielten sich, als Carter plötzlich fragte: „Was macht ihr hier normalerweise an Weihnachten?"

„Wie bist du auf den Gedanken an Weihnachten gekommen?", fragte Jack.

„Es ist in drei Tagen", antwortete Carter.

Jack war überrascht. Er hatte das Weihnachtsfest völlig vergessen.

„Mr Willows geht normalerweise früh zur Arbeit", sagte Elodie mit einem Hauch von Traurigkeit in der Stimme, „aber er legt uns allen Geschenke unter den Baum."

„Er geht an Weihnachten arbeiten?“, fragte Carter.

Elodie nickte. Jack hatte plötzlich eine Idee.

„Hey, warum lassen wir Mr Willows nicht ein Geschenk da, bevor er zur Arbeit geht?“, schlug Jack vor. „Wir könnten Kekse backen und ihm ein Geschenk kaufen.“

„Ja!“, rief Elodie. „Und ich könnte ihm einen Brief schreiben und ihn bitten, dieses Jahr zu Hause zu bleiben!“

Carter schnaubte: „Erschreck ihn nur nicht, Elodie.“

Elodie grollte: „Du wirst schon sehen, Carter.“

Sie verbrachten den Rest des Tages damit, zu planen, was sie kaufen würden. Am nächsten Tag bekam Jack ein Rezept von Marta und alle legten ihr Geld zusammen. Elodie ging in die Stadt und kaufte ein Geschenk. Dann schrieb sie Thomas einen Brief. Sogar Carter war der Meinung, dass er perfekt war.

* * *

Jack hörte, wie jemand Steine an sein Fenster warf. Schnell stand er auf und sah nach der Uhrzeit.

5:00.

Laut Elodie stand Thomas um 6:30 Uhr auf und ging um 7:00 Uhr. Sie hatten genug Zeit, um Kekse zu backen. Jack ging zu seinem Fenster und sah Carter winken. Er eilte die Treppe hinunter und ließ ihn herein.

„Hast du deinen Eltern Bescheid gegeben?“, fragte Jack.

Carter nickte: „Sie wissen, dass ich den Tag hier verbringen werde.“

Die Jungen gingen in die Küche, wo Elodie bereits alle Zutaten bereitgestellt hatte. Sie begrüßte sie und sie machten sich an die Arbeit.

„Ich wüsste nicht, warum wir die Kekse nicht schon gestern hätten machen können“, sagte Carter, während er versuchte, in aller Ruhe Eier zu schlagen.

„Weil es besser ist, wenn Mr Willows warme Kekse bekommt“, antwortete Elodie.

Als sie mit den Keksen fertig waren, stellte Elodie sie auf einen Teller und Jack nahm den Umschlag mit dem Brief und dem Geschenk. Sie schlichen hoch zu Thomas' Zimmer. Sie stellten sich alle vor seine Tür und Carter holte drei Stöckchen heraus.

„Ernsthaft?“, flüsterte Elodie.

„Um zu sehen, wer reingeht“, flüsterte Carter zurück.

Alle zogen ein Stöckchen. Elodie bekam den kürzesten.

„Verflucht seist du, Carter“, murmelte sie.

Elodie schlich sich ins Zimmer und legte das Geschenk und den Teller auf Thomas' Schreibtisch. Den Umschlag legte sie oben auf das Geschenk. Elodie wollte gerade gehen, als ihr etwas unter einem Stapel Papiere auf dem Schreibtisch auffiel. Langsam zog sie ein Foto darunter hervor. Sie versuchte, es in der Dunkelheit zu betrachten. Elodie konnte eine Frau mit langen dunklen Haaren erkennen, aber wer war das neben ihr?

Thomas bewegte sich und Elodie ließ das Foto fallen. Sie hob es schnell auf und legte es zurück auf den Schreibtisch. Dann verließ sie den Raum.

„Warum hast du so lange gebraucht?“, fragte Jack, als sie zu seinem Zimmer gingen.

„Ich habe das Foto einer Frau auf Mr Willows Schreibtisch gesehen“, sagte Elodie. „Ist das nicht seltsam?“

„Vielleicht hat er eine Geliebte”, schlug Carter vor.

„Das bezweifle ich“, antwortete Jack. „Wir sehen uns morgen früh, Elodie.“

„Es ist Morgen“, erinnerte Elodie ihn.

„Richtig!” Jack grinste. „Frohe Weihnachten.“

* * *

Der Wecker auf Thomas' Kommode klingelte. Er wachte auf und saß eine Weile im Bett. Dann stand er auf und begann sich fertig zu machen. Als er sich anzog, entdeckte Thomas einen Teller und eine kleine Schachtel auf seinem

Schreibtisch. Er ging dorthin. Oben auf der Schachtel lag ein Umschlag. Thomas öffnete ihn.

Lieber Mr Willows, Onkel Thomas, Maestro, Lehrer,

Wie Sie sehen, haben Sie eine Menge Titel, genauso wie Sie eine Menge Arbeit haben und genauso wie Sie eine Menge Freunde haben.

Jedes Jahr zu Weihnachten verbringen Sie Ihre Zeit mit Ihrer Arbeit. Vielleicht könnten Sie sie dieses Jahr mit Ihren Freunden verbringen, die unten warten?

Es ist sicherlich nicht so wichtig wie Ihre Arbeit, aber es macht viel mehr Freude.

Hochachtungsvoll

Thomas war verblüfft. Er hatte immer gedacht, dass alle wollten, dass er an Weihnachten zur Arbeit geht. Er packte das Geschenk vorsichtig aus. Darin befand sich eine brandneue silberne Taschenuhr.

Thomas nahm den Hörer ab und begann zu wählen.

Kurze Zeit später stürmten Elodie, Jack und Carter die Treppe hinunter und in die Haupthalle, wo der Weihnachtsbaum aufgestellt war. Alle anderen saßen bereits um den Baum herum und unterhielten sich. Alle drei hielten kurz inne, als sie sahen, was unter dem Baum lag.

Überhaupt nichts.

„Vielleicht hat er es vergessen“, vermutete Theo.

„Ich glaube nicht, dass er es vergessen hat“, sagte Elodie leise.

„Nun, zu Weihnachten gehört mehr als nur Geschenke“, sagte Marta.

„Die Geschenke sind mir egal, Marta“, sagte Jack. „Ich habe nur Angst, dass wir etwas getan haben, das ihn verletzt hat.“

Elodie und Carter nickten. In diesem Moment hörten alle, wie jemand die Treppe herunterkam. Ein paar Sekunden später kam Thomas in den Raum, die Arme voller Geschenke.

„Guten Morgen“, sagte Thomas und lächelte, „und frohe Weihnachten.“

„Mr Willows!“, rief Elodie und lief zu ihm hin, um ihm zu helfen.

Thomas setzte sich: „Tut mir leid, ich bin spät dran, ich musste im Labor anrufen und ihnen sagen, dass ich heute nicht zur Arbeit komme.“

Elodie, Jack und Carter lächelten sich gegenseitig an. Thomas begann, die Geschenke zu verteilen. Von überall erklangen leise Freudenrufe. Normalerweise bekamen sie jedes Jahr ähnliche Geschenke wie im letzten Jahr. Aber in diesem Jahr hatte Thomas sich tatsächlich Zeit für die Geschenke genommen.

Rogers und Theo bekamen Anzüge mit passenden Hosen. Marta und Ansley bekamen wunderschöne Kleider. Elodie fand ein goldenes Medaillon und Ohrringe in ihrer Schachtel. Sogar Carter bekam ein Geschenk, das ihn etwas überraschte: einen nagelneuen Baseball mit Fanghandschuh.

Aber Jack war überzeugt, er hatte das beste Geschenk von allen. Er packte die Schachtel vorsichtig aus und fand darin ein Buch: Ruf der Wildnis von Jack London.

Thomas beugte sich vor und flüsterte: „Ansley hat mir erzählt, dass du gerne liest. Das ist kein neues Buch, sondern aus meiner persönlichen Sammlung, aber ich glaube, es wird dir gefallen."

Die Tatsache, dass Thomas ihm eines seiner eigenen Bücher geschenkt hatte, machte es für Jack zu etwas ganz Besonderem. Er lächelte ihn an: „Danke, Onkel Thomas."

Jack schaute noch einmal zu Thomas hinüber. Er lächelte und betrachtete alle, während sie ihre Geschenke bewunderten.

Seine rechte Hand spielte mit einer silbernen Taschenuhr.

6

Thomas begann, sich Jack gegenüber netter zu verhalten. Sie unterhielten sich freier und Thomas war nicht mehr so distanziert, aber in mancher Hinsicht blieb er immer noch unnahbar. Jacks Zeit im Herrenhaus wurde voll ausgefüllt, aber in einer angenehmen Weise. Zumindest bis Thomas ankündigte, dass er in zwei Tagen in die Schule gehen würde.

„Schule?“, fragte Jack und berührte seine Narbe.

Thomas nickte: „Ich würde dir ja einen Privatlehrer besorgen, aber das scheint mir Geldverschwendung zu sein. Die Schule ist für ihre akademischen Leistungen bekannt. Ich habe sie besucht, als ich in deinem Alter war. Elodie geht auch dorthin, du wirst also nicht allein sein."

Jack versuchte zu lächeln. In der Vergangenheit hatte er immer Privatlehrer gehabt. Sein Onkel und seine Tante waren sich einig, dass die Schule etwas schwierig für ihn sein würde. Aber Jack wollte sich nicht mit Thomas streiten, also stimmte er zu.

Theo besorgte ihm alles, was er brauchte. Elodie verbrachte den nächsten Tag damit, Jack alles zu erklären, was sie in den letzten Monaten gelernt hatten. Jack wachte am nächsten Morgen auf und wünschte sich, er wäre tot.

* * *

Elodie und Jack gingen gemeinsam zur Schule. Obwohl Elodie versuchte, zuversichtlich zu wirken, konnte Jack sehen, dass auch sie sich Sorgen machte. Die Schule war nur zehn Minuten entfernt. Es war ein zweistöckiges, rotes Backsteingebäude, umgeben von weißen Kieselsteinen. Das Feld war voller Kinder jeden Alters, die lachten, redeten und spielten. Elodie und Jack standen da und unterhielten sich, als Elodie einem Mädchen hinter Jack zuwinkte.

„Ich bin gleich wieder da“, sagte Elodie und lief zu dem Mädchen hinüber.

Kaum war Elodie weggetreten, ging ein Junge, der etwa fünfzehn aussah, auf Jack zu. Ein paar andere folgten.

„Hey, Junge“, sagte er, „ich bin Harold Peters. Du bist neu hier, richtig?“

Jack nickte.

„Nun, vielleicht kannst du mir helfen”, sagte Harold, „Ich suche nämlich nach einem neuen Jungen namens Jack. Hast du ihn gesehen?“

Jacks Herz pochte. Warum war dieser Junge auf der Suche nach ihm?

„Jack? Nein, habe ich nicht. M-mein Name ist Carter.“

In diesem Moment rannte Elodie zu Jack hinüber. Sie rief seinen Namen. Die anderen Kinder lachten und bildeten einen Kreis um Jack.

„Nun, Carter“, spottete Harold, „ist Jack dein zweiter Vorname oder dein Spionagename? Warum bist du hier? Um den Japanern Informationen zu geben?“

Das verwirrte Jack: „Was?“

Harold antwortete nicht. Mit einer schnellen Bewegung packte er das Ende von Jacks

Schal und riss an ihm. Jack wirbelte zweimal herum und fiel hin.

„Seht euch das an“, rief Harold. „Neben all dem anderen ist er auch noch hässlich!“

Neben all dem anderen?

Wovon redete dieser Junge?

„Hau ab, Harold!“, rief Elodie. Sie war plötzlich an Jacks Seite und formte einen dicht gepackten Schneeball.

„Hau du doch ab, Dienstmädchen“, knurrte Harold. „Das geht dich nichts an.“

Elodie nahm Jacks Arm und wollte weggehen, aber Harold packte Jacks Ellbogen, zog die zwei zurück und lachte auf. Schneller als man blinzeln konnte, schob Elodie den harten, gefrorenen Schneeball in Harolds Mund. Alle waren still. Harold spuckte einen blutigen Schneeball aus, zusammen mit einem Zahn. Elodie ging lächelnd davon und zog Jack hinter sich her. Keiner versuchte, sie aufzuhalten.

„Das ist noch nicht das letzte Wort, Elodie!“, brüllte Harold. „Ich werde mich rächen!“

* * *

Der Rest der Woche war für Jack höchst verwirrend. Alle Schüler mieden ihn, was wegen seiner Narbe nicht weiter verwunderlich war. Aber etwas sagte ihm, dass seine Narbe nicht der einzige Grund war. Sogar seine Lehrer verhielten sich ihm gegenüber seltsam. Sie flüsterten immer miteinander, wenn er ihnen den Rücken zuwandte.

Jack fragte Elodie, ob sie etwas über die Geschehnisse wisse, aber sie wusste nichts. Die Woche war endlich zu Ende und Jack freute sich auf das Wochenende. Am nächsten Tag kam Carter vorbei und Jack beschwerte sich bei ihm.

„Das ist schon seltsam", sagte Jack. „Es ist eine Sache, wegen dieser blöden Narbe schikaniert zu werden, aber die Leute nennen mich 'Spion' und 'Verräter'. Die kennen mich doch gar nicht!"

Carter wollte gerade etwas sagen, als Thomas ins Zimmer eilte.

„Wie haben sie dich genannt?", fragte er scharf.

„Wie bitte?", fragte Jack.

„Wie haben sie dich genannt?", wiederholte Thomas.

„Ähm, 'Verräter' und 'Spion'."

„Aber haben sie sonst noch etwas gesagt, Jack?“, fragte Thomas und schüttelte ihn an den Schultern.

„Nein, Onkel Thomas.“

Thomas richtete sich auf und räusperte sich: „Jack, es scheint, dass die Schule nichts für dich ist. Ich werde einen Privatlehrer für dich anstellen. Du wirst diesen Montag anfangen.“

Jack nickte.

„Kann ich auch Privatunterricht bekommen?“, fragte Elodie.

„Nein“, antwortete Thomas und ging.

„Das war seltsam“, sagte Carter.

„Und unhöflich“, fügte Elodie hinzu.

„Er sah verängstigt aus, nicht wahr?“, sagte Carter.

Jack zuckte mit den Schultern: „Wenigstens muss ich nicht mehr zur Schule gehen.“

Jacks Privatlehrer hieß Steven Montgomery. Er war ein guter Lehrer und ließ Jack hart arbeiten. Das Beste von allem war, dass er sich nie darüber beschwerte, wie Jack aussah.

Als die Tage wärmer wurden, verbrachten Jack, Elodie und Carter die meiste Zeit draußen. Sie besuchten Tyler und Marie oft und traten im

Musikgeschäft auf. Obwohl Jack nie mitmachte, egal wie sehr Elodie und Carter bettelten.

Der Frühling war in diesem Jahr besonders verregnet. Nachdem die regnerische Zeit begonnen hatte, konnten Jack, Elodie und Carter nur noch drinnen bleiben. Marta wollte sie nicht draußen spielen lassen.

„Werdet bloß nicht krank, Kinder“, hatte sie gesagt, „sonst bin ich diejenige, die sich um euch kümmern wird.“

Carter hatte sie eines Tages zu sich nach Hause eingeladen, aber das war nicht gut gelaufen. Vor allem, weil Elodie die Katze von Carters Mutter gequält hatte, indem sie sie draußen in den Regen setzte. In Mr Willows Herrenhaus erkundeten sie jeden Raum, den sie betreten durften. Der einzige Raum, der nicht erkundet wurde, war das Musikzimmer. Die drei saßen schweigend im Wohnzimmer.

„Mir ist langweilig”, beschwerte sich Elodie.

„Lass uns Tyler und Marie besuchen gehen“, schlug Jack vor.

„Sonntags haben sie geschlossen, schon vergessen?“, erinnerte Carter ihn.

„Richtig“, sagte Jack. Dann hellte sich sein Gesicht auf: „Lass uns Onkel Thomas fragen, ob wir ins Musikzimmer gehen können.“

Carter sah ihn an, als ob er den Verstand verloren hätte: „Bist du verrückt? Wir können froh sein, wenn wir mit dem Leben davonkommen.“

Jack verdrehte die Augen: „So schlimm ist er auch wieder nicht. Kommt mit.“

Sie folgten Jack in die Bibliothek. Die Tür war geschlossen.

„Du solltest reingehen, Elodie“, sagte Jack.

„Ich?“, zischte Elodie leise.

Carter nickte: „Auf ein Mädchen wird er eher hören.“

Elodie hob die Augenbrauen: „Ach ja? Wie kommt es, dass du mir nie zuhörst?“

„Weil ich kein Idiot bin“, sagte Carter. „Nun geh schon.“

Elodie holte tief Luft und ging hinein, wobei sie die Tür einen Spalt offen ließ.

Thomas blickte von seinem Buch auf: „Hallo, Elodie.“

„Hallo, Mr Willows,“ grüßte Elodie. „W-wir, ich meine, ich habe mich nur gefragt, ob- wissen Sie, ich ...“ Sie biss nervös auf ihren Nagel.

„Reiß dich zusammen, Kind. Ich werde dich nicht umbringen“, sagte Thomas. „Was ist los?“

Elodie schaute sich hilflos um: „Ich wollte nur die Erlaubnis haben, das Musikzimmer zu benutzen, weil es irgendwie dumm ist, es dort vermodern zu lassen, während wir üben könnten und-“ Elodie hielt sich den Mund zu, bevor sie etwas anderes sagen konnte.

Thomas fing tatsächlich an zu lachen. Draußen in der Bibliothek sahen sich Carter und Jack erstaunt an.

„Er steht entweder unter Schock oder hat wahnsinnige Mordsabsichten“, sagte Carter.

„Halt die Klappe“, flüsterte Jack.

„Komm her“, sagte Thomas zu Elodie.

Elodie trat behutsam vor.

„Ruhe in Frieden, Elodie“, flüsterte Carter draußen.

„Leise!”, zischte Jack.

Thomas nahm Elodies Hand in seine: „Du amüsierst mich, Elodie. Du, Jack und Carter könnt das Musikzimmer benutzen, wann immer ihr wollt.“

Elodie war einen Moment lang verblüfft. „Danke, Mr Willows!“, rief sie.

Elodie rannte aus dem Zimmer und an Carter und Jack vorbei in den Musikraum. Die Jungen folgten ihr. Als sie dort ankamen, setzte sich Elodie auf die Klavierbank und öffnete den Deckel. Sie spielten ein Lied nach dem anderen, improvisierten und hatten Spaß dabei. Jack saß und sah zu.

„Ich weiß was!“, rief Elodie plötzlich aus, „Mr Willows hat in zwei Wochen Geburtstag. Wir sollten alle etwas für ihn spielen.“

Carter stimmte zu, aber Jack schüttelte den Kopf.

„Ich spiele nicht“, sagte er.

„Ehrlich, Jack“, sagte Elodie ungeduldig, „Würdest du uns sagen, warum?“

Jack blieb stumm.

„Jack“, beharrte Elodie.

„Lass ihn in Ruhe, Elodie”, sagte Carter.

„Nun, es ist einfach dumm, nicht zu spielen, wenn man es kann. Wenn wir echte Freunde sind, solltest du uns wenigstens sagen, warum.“

Jack biss sich auf die Lippe. Er musste es ihnen jetzt sagen, sonst würde es so aussehen, als würde er seinen Freunden nicht trauen.

Jack seufzte: „Ich spiele keine Musik mehr, weil ich verflucht bin."

7

Elodie und Carter starrten ihn an.

„Du spielst keine Musik, weil du verflucht bist?“, wiederholte Elodie, die sich ein Lachen nicht verkneifen konnte.

„Ich meine es ernst, Elodie“, sagte Jack und sah zu Boden.

„Erklärung!“, sagte Carter.

„Ich weiß nicht genau, was passiert ist, aber das hat mir mein Onkel erzählt“, begann Jack. „Als ich ein Baby war - vielleicht acht Monate oder so - fand ich die Geige meines Vaters und begann damit zu spielen. Anscheinend sollte mein Vater auf mich aufpassen, aber er wurde abgelenkt. Ich fing an, die Wirbel zu verdrehen. Mit einem bin ich zu weit gegangen und eine Saite riss und schlug mir ins Gesicht.

Der Arzt war noch unerfahren und konnte mich nicht gut nähen. Seitdem sehe ich so aus." Jack deutete wütend auf sein Gesicht: „Meine Eltern ließen mich Geigenunterricht nehmen, aber mein Lehrer sagte, niemand würde mich je spielen hören wollen, weil ich so furchterregend aussehe. Nach einer Weile habe ich einfach aufgehört, es zu versuchen."

„Oh, Jack", sagte Elodie sanft, „diese Narbe bedeutet nicht, dass du verflucht bist. Der Geigenlehrer hat sich geirrt. Bitte spiel etwas mit uns, dann wirst du sehen, dass du ganz normal bist."

Jack war einen Moment lang still. Er schaute in die erwartungsvollen Gesichter von Carter und Elodie: „Ok, ich werde etwas versuchen."

Elodie klatschte in die Hände und lief zu einem Regal hinüber. Sie zog ein Notenbuch heraus und schlug es bei „Näher mein Gott zu dir" auf. Jack holte vorsichtig einen Geigenkasten und öffnete ihn. Er vergewisserte sich, dass das Instrument gestimmt war. Er sah sich die Noten an und probierte die ersten paar Töne. Jacks Hände zitterten. Er nickte Elodie zu und sie begann mit den ersten Klavierakkorden. Carter stimmte mit ein.

Jack holte tief Luft und begann zu spielen. Ein wunderschöner Klang schwebte durch den Raum. Der majestätische Klang des Cellos, das harmonische Klavier. Beide vermischten sich mit dem lieblichen Klang der Geige. Jack schloss die Augen und spielte und nichts anderes war wichtig. Die letzten Töne kamen und sie endeten alle mit einem Schwung.

„Wir müssen etwas für Mr Willows Geburtstag spielen," sagte Elodie. „Es wird ihm gefallen."

Sie und Carter sahen Jack an.

„In Ordnung", sagte Jack.

* * *

An diesem Tag suchten sie alle nach dem richtigen Stück, das sie spielen sollten. Obwohl sie viele Stücke fanden, die sich gut anhörten, schien keines von ihnen perfekt zu sein. Jack sah die Regale im Musikzimmer durch und entdeckte etwas, das nicht an seinem Platz war: ein in Leder gebundenes Buch.

„Hey, was ist das?“, fragte Jack.

Carter und Elodie gingen zu ihm hinüber.

„Sieht aus wie ein Tagebuch“, sagte Carter.

Jack öffnete es, und ein Blatt Papier fiel heraus. Er hob es auf und untersuchte es. Es war ein Notenblatt für „O My Love Is Like A Red Red Rose“.

„Warum spielen wir das nicht?“, sagte Jack und schaute es an. „Es ist ein gutes Lied.“

Elodie und Carter stimmten zu.

„Wir sollten das Tagebuch wahrscheinlich nicht lesen“, sagte Carter, als er Elodies neugierigen Blick sah.

Jack nickte und klappte das Buch zu. Er stellte es zurück ins Regal. Er erhaschte einen Blick auf einen Namen im Tagebuch, bevor er es schloss.

Jane.

Jack speicherte den Namen in seinem Gedächtnis.

8

Springville, Utah
1899

Akari stellte ihren Koffer ab und sah sich in dem leeren Haus um. Ihr Mann, Yohei, kam einige Sekunden später hinter ihr her.

„Was denkst du?“, fragte er auf Japanisch.

„Dieses Haus ist viel größer als unser altes, Yohei“, antwortete Akari. „Glaubst du, dass wir uns in diesem Land anpassen können?“

„Natürlich, das werden wir.“

„Wir können nicht einmal Englisch.“

„Wir werden es lernen“, erwiderte Yohei auf Englisch.

Akari lachte über seinen Akzent.

„Unsere Zukunft liegt hier, Akari“, sagte Yohei und gab ihr einen Kuss auf die Wange.

Akari und Yohei waren ein japanisches Ehepaar, das nach Amerika eingewandert war. Yohei hatte eine Stelle bei der Eisenbahn in Utah erhalten, und sie zogen sofort um. Obwohl Akari Zweifel am Umzug hatte, lebte sie sich glücklich in ihrem neuen Zuhause ein. Fünf Jahre später führten Akari und Yohei ein glückliches Leben in Amerika. Sie hatten hart daran gearbeitet, sich in die Kultur zu integrieren. Bald erfuhren sie, dass sie ein Kind erwarteten. Sie bekamen ein wunderschönes kleines Mädchen mit großen dunklen Augen und einem bezaubernden Lächeln.

Sie gaben ihr keinen Namen, bis sie drei Monate alt war. Erst dann fanden sie den richtigen Namen.

Jane

Er war perfekt.

* * *

Jane fügte sich gut in Amerika ein. Sie sprach fließend Englisch und der einzige Hinweis darauf, dass sie Japanerin war, war ihr Gesicht. Jane besuchte die Springville Public School und fand viele Freunde. Alle waren von Jane fasziniert und forderten sie immer wieder auf, Japanisch zu sprechen. Obwohl Jane ihr Leben in Amerika liebte, sehnte sie sich danach, mehr über die Heimat ihrer Vorfahren zu erfahren. So ging Jane nach ihrem College-Abschluss auf der Suche nach einem Job nach Japan. Janes Eltern, die mit ihrem Leben zufrieden waren, ließen Jane gehen, allerdings mit dem Versprechen, dass sie zurückkehren würde.

Und so begann Janes neues Leben.

Jane fand viele Freunde in Japan und lernte mehr über ihre Kultur. Sie wohnte bei einigen ihrer Verwandten, die erstaunt waren über Janes Fähigkeiten in Musik, Sport und Wissenschaft. Jane musste sich nicht um einen Job bemühen, sondern der Job fand sie.

Dieser Job in Japan war nur etwas für die Besten. Diejenigen, die den schärfsten Verstand und die Schlauheit eines Fuchses hatten. Er verlangte von Jane, sich zu konzentrieren und jederzeit präsent zu sein.

Und ein Tagebuch zu führen.

9

Springville, Utah
April 1954

Es war der Geburtstag von Thomas. Carter und Elodie saßen nervös im Musikzimmer mit dem Rest des Personals. Jack war unten und überredete Thomas, nach oben zu gehen.

„Sollen wir üben?“, fragte Elodie.

Carter schüttelte den Kopf: „Mein Vater hat gesagt, wenn man kurz vor einem Auftritt übt, platzt einem ein Blutgefäß oder so.“ Er biss sich auf die Lippe: „Meinst du, er wird es mögen?“

Sowohl Marta als auch Rogers nickten.

„Er wird es lieben“, sagte Marta.

„Ich für meinen Teil kann es kaum erwarten, zu hören, was ihr vorbereitet habt“, sagte Theo.

Ein paar Sekunden später betraten Jack und Thomas den Raum. Alle standen auf.

„Herzlichen Glückwunsch zum Geburtstag!“, riefen sie alle im Chor.

Thomas lächelte: „Ich danke euch. Was soll das alles?“

Rogers zog einen Stuhl für Thomas heran: „Die Kinder haben etwas für dich vorbereitet.“

Elodie, Jack und Carter bereiteten ihre Instrumente vor. Dann spielte Elodie die ersten Töne, und der süße Klang von „O My Love“ erfüllte den Raum. Alle waren von der Musik hypnotisiert.

Nur Ansley bemerkte, dass etwas nicht stimmte.

Während alle ganz still dasaßen und die Kinder ansahen, wandte Thomas abrupt sein Gesicht ab. Er ballte die Fäuste und Ansley sah, wie sich seine Augen mit Tränen füllten. Mitten im Lied stand Thomas plötzlich auf und stürmte aus dem Raum. Alle waren einen Moment lang geschockt. Dann rannte Ansley hinter Thomas her. Sie fand ihn in der Eingangshalle, wo er seinen Hut aufsetzte.

„Mr Willows?“

„Ansley, ich gehe aus“, sagte Thomas. „Sagen Sie Jack, Elodie und Carter, dass sie das Musikzimmer nicht mehr benutzen dürfen.“

„Aber, Mr Willows, sie haben doch nur-“

„Tun Sie es einfach!“, brüllte Thomas.

Ansley wich zurück. „Ja, Sir“, flüsterte sie.

Zurück im Musikzimmer saßen Jack, Elodie und Carter wie erstarrt.

„Was haben wir denn jetzt gemacht?“, fragte Elodie.

Marta seufzte. „Ich weiß es nicht, Elodie.“

„Es ist meine Schuld, nicht wahr?“, meldete sich Jack plötzlich zu Wort.

„Was?“, fragte Carter.

„Er ist gegangen, weil ich gespielt habe“, schüttelte Jack den Kopf. „Ich sagte doch, ich bin verflucht.“

* * *

Dieser Tag war miserabel. Alle standen herum und wussten nicht, was sie tun sollten. Ansley sagte Jack, Carter und Elodie, dass sie nicht mehr in den Musikraum durften. Carter und

Elodie waren traurig, aber Jack war das egal. Zumindest tat er so, als ob es ihm egal wäre. In Wahrheit war der einzige Grund, warum Jack zurück ins Musikzimmer wollte, das Tagebuch zu bekommen.

Jack vermutete, dass es einige Antworten auf die Frage geben würde, warum Thomas sich so seltsam verhielt. Aber da das Musikzimmer verboten war, konnte Jack nicht nachforschen.

Jedenfalls nicht tagsüber.

An diesem Abend aß Jack schnell und zog sich dann auf sein Zimmer zurück. Er schritt ungeduldig in seinem Zimmer umher und wartete darauf, dass alle ins Bett gingen. Thomas kam gegen elf Uhr zurück und ging direkt in sein Zimmer, wobei er Martas Essensangebot ablehnte. Jack stand an seiner Zimmertür und atmete tief durch. Er spähte hinaus in den dunklen Korridor und schlich auf Zehenspitzen nach draußen.

Er ging etwas schneller, als er den dritten Stock erreichte. Jack öffnete langsam die Tür zum Musikzimmer und ging zu dem Glasschrank. Er fand das Tagebuch und machte sich auf den Rückweg.

Mission erfüllt, dachte Jack, als er sein Schlafzimmer erreichte. Dann hörte er etwas. Jack blieb stehen, um besser zu lauschen. Es kam von der vorletzten Tür im Korridor.

Thomas' Schlafzimmer.

Jacks Verstand sagte ihm, er solle zurück in sein Zimmer gehen, aber die Neugier war stärker als er. Er ging leise zu Thomas' Zimmer und gab der Tür einen kleinen Schubs. Thomas saß auf seinem Bett, den Rücken zur Tür gewandt. Er saß zusammengekauert da, als ob er weinen würde. Nach ein paar Augenblicken wurde Jack klar, dass er weinte.

Jack sah einen Moment lang zu und überlegte, ob er mit ihm reden oder einfach gehen sollte. Thomas stand auf, um das Fenster zu schließen und Jack trat schnell zurück. Bevor Jack ging, sah er, wie Thomas sich die Tränen abwischte und auf ein Foto schaute, das er in der Hand hielt.

Jack dachte darüber nach, was er gesehen hatte, als er in sein Zimmer zurückkam. Er saß auf seinem Bett und grübelte. Warum weinte Thomas? Es musste doch etwas Größeres sein als ein Lied. Er schaute auf das Tagebuch in seiner

Hand. Vielleicht würde dieses Tagebuch einige Antworten enthalten.

Jack wollte es gerade öffnen, aber dann bekam er ein schlechtes Gewissen. Das ging ihn nichts an. Aber er musste wissen, warum die heutigen Ereignisse passiert waren. Lag es an seinem Fluch oder an etwas anderem?

Jack schlug das Tagebuch auf. Auf der Seite direkt nach dem Einband stand der Name Jane Sasaki. Im Inneren des Buches war eine verwelkte Rose gefaltet. Jack strich vorsichtig über die Rose, und ein Blütenblatt fiel bei seiner Berührung heraus. Jack schlug die nächste Seite auf und unterdrückte einen wütenden Schrei. Er wollte etwas treten.

Alles war auf Japanisch.

10

Springville, Utah
1930

Zwei Jahre später kehrte Jane nach Amerika zurück, aber ihr Job in Japan blieb bestehen. Im Moment musste sie noch nicht viel arbeiten, aber ihr Arbeitgeber versprach ihr, dass die Zeit kommen würde, in der sie Jane brauchen würde.

Als die Nachricht von ihrer Rückkehr nach Amerika eintraf, veranstalteten die Freunde von Jane eine große Feier für sie. Ihre Eltern waren überglücklich, sie wiederzusehen und alle waren sehr neugierig auf ihre Arbeit. Obwohl Jane ihren Freunden und ihrer Familie nur sehr wenig erzählen konnte, erklärte sie gerne alles, was ihr möglich war.

Jane war überrascht, wie sehr sich ihre Freunde in der Zeit ihrer Abwesenheit verändert hatten. Ihre beiden engsten Freunde, Anna und Richard, hatten geheiratet.

„Herzlichen Glückwunsch!“ Jane weinte, als sie es erfuhr. „Ich wusste immer, dass ihr beide füreinander bestimmt seid.“

Anna lächelte: „Wir wollten die Hochzeit nach deiner Rückkehr abhalten, aber wir konnten nicht mehr warten.“

Jane versicherte ihr, dass es kein Problem sei.

„Jane!“, rief eine Stimme.

Janes Freund Thomas rannte auf sie zu und umarmte sie.

„Du bist endlich wieder da!“, sagte Thomas. „Das Orchester ist völlig verloren ohne dich.“

Richard nickte: „Wir können keine einzige richtige Note spielen.“

Jane lachte: „Ich kann es kaum erwarten, wieder zu spielen. Ich habe euch alle so sehr vermisst.“

Die vier Freundinnen unterhielten sich noch eine ganze Weile. Sie halfen beim Aufräumen, nachdem die Feier vorbei war und sprachen über alte Zeiten.

„Oh, ich habe für jeden von euch ein Geschenk“, sagte Jane. Sie ging in ihr Zimmer und holte die Geschenke aus ihrer Tasche.

Sie ging wieder nach unten und reichte jedem von ihnen ein braunes Ledertagebuch.

„Ich habe genau so eins“, sagte Jane. „Wisst ihr noch, wie wir alle die gleichen Sachen wollten, als wir jung waren?“

Alle lachten.

„Nun, es ist schon spät. Wir sollten besser gehen“, sagte Richard und stand auf.

„Danke für die Feier“, sagte Jane.

Jane ging mit ihren Freunden zum Tor. Nachdem Richard und Anna gegangen waren, wandte sich Thomas an Jane. Er reichte ihr, etwas verschämt, eine Rose und ging schnell davon. Jane lächelte überrascht und roch an der Rose. Sie bemerkte, dass sie immer noch ihr Ledertagebuch in der Hand hielt.

Jane drückte die Rose vorsichtig zwischen die Seiten.

11

Springville, Utah
Juni 1954

In den letzten Monaten der Schulzeit sah Jack Thomas kaum noch. Er ging früh zur Arbeit und kam spät nach Hause. Er gab Carters Eltern jede Woche Ausreden, um Carters Musikunterricht abzusagen. Thomas isolierte sich und nahm seine Mahlzeiten in seinem Zimmer ein. Was auch immer Jack, Elodie und Carter getan hatten, es hatte ihn schwer verletzt.

Jack beschäftigte sich mit Lernen und Lesen. Er war jetzt mehr denn je davon überzeugt, dass er verflucht war. Er glaubte, dass seine Narbe ein Zeichen dafür war, dass er, wann immer er Musik machte, nur Traurigkeit brachte, obwohl Elodie ihm sagte, dass es solche Flüche nicht gab.

Im Gegensatz zu Thomas isolierte sich Jack nicht. Er verbrachte mehr Zeit mit Carter und Elodie und versuchte herauszufinden, was schiefgelaufen war. Es regnete kaum noch und sie verbrachten jede Sekunde draußen.

„Ich kann es kaum erwarten, bis die Schule vorbei ist“, sagte Elodie und setzte sich auf den Ast eines Baumes im Hinterhof.

„Ich wünschte, ich könnte zur Schule gehen“, sagte Carter wehmütig. „Aber Mutter sagt, 'Privatlehrer sind viel pädagogischer'„, ahmte er ihre Stimme nach.

Elodie kicherte.

„Was ist mit dir, Jack?“, fragte Carter.

Jack saß im Gras und blickte auf das Herrenhaus.

„Jack?“, wiederholte Carter.

„Was?“, fragte Jack.

Elodie seufzte: „Mit dir macht es keinen Spaß mehr, Jack. Du bist nur noch am Denken.“

Jack funkelte sie an: „Nun, ich habe über wichtige Dinge nachgedacht. Zum Beispiel, was haben wir getan, dass Onkel Thomas uns mit Schweigen bestraft hat?“

„Ich habe keine Ahnung“, sagte Carter.

Jack stand auf und rieb sich den Kopf: „Ich habe ihn in der Nacht weinen sehen, als er nach Hause kam. Warum...“

„Er hat geweint?“, weinte Elodie.

Jack nickte. Alle dachten eine Weile nach.

„Wir müssen jemanden fragen“, sagte Elodie. „Aber wen?“

„Keiner vom Personal“, sagte Carter. „Die scheinen auch nichts zu wissen.“

„Was ist mit Tyler und Marie?“, schlug Jack vor.

„Wie könnten die denn helfen?“, fragte Elodie. „Sie kennen Mr Willows kaum.“

Jack zuckte die Achseln: „Einen Versuch ist es wert.“

Sie gingen zum Eingangstor und begannen zu laufen. Jack hielt sein Gesicht gesenkt und vermied die Blicke der Leute. Er sah Carter an, der mit erhobenem Kopf ging. Jack seufzte, was würde er nicht dafür geben, ein normaler Junge zu sein. Sie eilten zu dem Musikgeschäft und gingen hinein. Marie grüßte sie, als sie eintraten.

„Wir haben euch lange nicht mehr gesehen“, sagte sie. „Hier für eine weitere Vorstellung? Leider wird es niemand sonst hören“, sagte sie und deutete auf den leeren Laden.

„Danke, Marie“, sagte Carter, „aber wir sind nicht hier, um Instrumente zu spielen. Wir haben ein paar Fragen.“

Marie lächelte: „Wir wollten gerade Tee trinken. Warum setzt ihr euch nicht zu uns?“

Sie führte sie in den hinteren Teil des Ladens, wo sich ihre Küche befand. Tyler saß an einem kleinen runden Tisch und trank Tee. Er grüßte alle, als sie hereinkamen. Sie setzten sich alle und nach ein paar Höflichkeiten kam Jack auf den Grund ihres Kommens zu sprechen.

Er erzählte Tyler und Marie, was an Thomas' Geburtstag passiert war und was er in dieser Nacht gesehen hatte. Nachdem er zu Ende erzählt hatte, sahen sich Maria und Tyler nervös an.

Marie stellte ihre Teetasse ab: „Vor langer Zeit haben wir ein Versprechen gegeben, ein Geheimnis zu bewahren. Die Fragen, die ihr stellt, könnten das Geheimnis verraten, deshalb können wir nicht alles beantworten."

Jack, Elodie und Carter schauten enttäuscht zu Boden.

„Aber wir können euch etwas sagen", sagte Tyler beschwichtigend. „Ich werde euch eine Geschichte erzählen. Vor langer Zeit war Thomas Willows der berühmteste Maestro in Springville. Er hatte ein riesiges Orchester und die Warteschlangen reichten bis zu den Straßen. Seine Auftritte waren magisch. Manchmal schrieb Mr Willows Stücke für seine Aufführungen. Doch eines Tages geschah etwas. Mr Willows zog sich zurück, schämte sich und hatte Angst vor den Fehlern, die er machte. Sein Orchester war ohne ihn verloren und musste für immer schließen. Ich glaube, das besondere Lied, das ihr an seinem Geburtstag gespielt habt, hat ihn an seinen größten Fehler erinnert."

„Aber warum hat er es an uns ausgelassen?", fragte Elodie.

„Weil er sonst niemanden hatte, auf den er wütend sein konnte", erklärte Marie. „Aber ich versichere euch allen, ihr wart nicht der Grund, warum Thomas geweint hat."

„Jack sah, wie Mr Willows ein Foto in der Hand hielt, während er weinte“, sagte Carter. „Habt ihr eine Ahnung, worum es sich dabei handeln könnte?“

Tyler seufzte: „Ich fürchte, das können wir dir nicht sagen, Carter.“

„Woher wisst ihr überhaupt so viel über Onkel Thomas?“, fragte Jack.

Tyler und Marie sahen sich wieder an.

„Versprecht ihr, es niemandem zu erzählen?“, fragte Marie und sah jeden von ihnen an.

Sie nickten alle.

„Wir kennen ihn, weil... weil unser Nachname auch Willows ist“, sagte Tyler ihnen.

Carter und Jack standen die Münder offen, und Elodie sagte ein sehr unangebrachtes Wort.

„Du meinst, du und Tyler sind...“, Jack schnappte nach Luft.

„Ja, Jack“, sagte Tyler und seufzte, „wir sind Thomas' Eltern.“

12

Jack, Elodie und Carter gingen wie betäubt nach Hause. Jack war so überrascht, dass er vergaß, seine Narbe zu verbergen. Carter schluckte schließlich und sagte etwas.

„Mr Willows ist ihr Sohn? Warum weiß es dann niemand?“

Jack und Elodie zuckten mit den Schultern. Sie waren zu verblüfft, um zu sprechen. Das ganze Wochenende über versuchten sie herauszufinden, warum Thomas nicht wollte, dass jemand erfuhr, dass Tyler und Marie seine Eltern waren. Alle ihre Vermutungen schienen falsch oder weit hergeholt zu sein. Jack machte sich jedoch Sorgen. Was waren Thomas' Fehler? Hatte Thomas seine Eltern verstoßen, weil sie seine Geheimnisse ausplaudern wollten?

Es war beängstigend, Thomas jeden Abend ins Bett gehen zu sehen. Jack hielt den Atem an, bis er vorbeiging.

Es war der letzte Schultag, zumindest für Elodie. Der Unterricht von Carter und Jack endete eine Woche früher. Elodie war wütend, aber Ansley ließ sie trotzdem zur Schule gehen. Alle benahmen sich seltsam. Sie fragten Elodie ständig nach Jack. Sie sagte nur, dass es ihm gut ginge und ignorierte all ihre Fragen und Kommentare. Ihre Freundin Catherine versuchte, sie dazu zu bringen, ihr mehr zu erzählen, aber es gelang ihr nicht.

„Hast du das Gerücht gehört?“, fragte Catherine, als sie nach Hause gingen.

„Über wen?“, fragte Elodie.

„Von dem Jungen, der bei euch wohnt.“

Elodie funkelte Catherine an: „Er heißt Jack und er ist mein Freund. Ich will nichts über ihn hören.“

„Aber Elodie, du musst dich vor ihm in Acht nehmen!“, rief Catherine. „Er ist...“

„Hör auf, Cat!“, rief Elodie und ging vor ihr her. Elodie ignorierte sie, bis sie zu Hause ankam. Catherine entschuldigte sich und wünschte ihr einen schönen Sommer.

Elodie ging durch den Vorgarten und dachte darüber nach, was Catherine gesagt hatte. Du musst dich vor ihm in Acht nehmen. Warum sollte sie sich vor Jack in Acht nehmen müssen? Er war doch nur ein Junge. Elodie verdrängte die Gedanken und ging in die Küche, wo Jack und Carter gerade Kekse aßen.

Elodie warf ihre Schultasche auf den Boden und gesellte sich zu den beiden.

„Endlich“, sagte sie, „zwei Monate ohne Lernen.“

„Viel Glück dabei, Elodie“, sagte Marta und knetete Teig. „Ansley wird dich dazu bringen, jeden Tag zu lesen.“

Elodie zuckte mit den Schultern: „Trotzdem, zwei Monate ohne Harold Peters.“

„Was hat Harold eigentlich für ein Problem mit mir?“, fragte Jack. „Seinem Vater gehört die Bäckerei Peters, richtig? Außerdem kam er mir seltsam vor, als ich ihn das erste Mal traf.“

„Mach dir darüber keine Sorgen, Jack“, sagte Marta. „Es ist Sommer, und du solltest draußen sein. Und hör auf, meine Kekse zu essen.“

Marta scheuchte sie alle nach draußen. Sie gingen in den Garten und begannen, auf Bäume zu klettern. Carter ließ sich auf einem Ast nieder und blickte auf den Wald hinter dem Haus.

„Was meint ihr, warum dürfen wir da nicht rein?“, fragte er.

„Wahrscheinlich gibt es dort eine Goldmine, und Mr Willows will nicht, dass wir sie entdecken“, sagte Elodie.

Jack und Carter lächelten.

„Lasst uns reingehen“, sagte Elodie.

Jack schüttelte den Kopf: „Das ist ein verbotenes Gebiet, Elodie.“

„Komm schon“, sagte Elodie und sprang vom Baum. „Sei nicht so langweilig.“

Sie rannte in den Wald.

Carter und Jack sahen sich an.

„Wir werden sie doch nicht da drin sterben lassen, oder?“, fragte Jack.

„Verlockend, aber nein“, sagte Carter. Er rannte hinter Elodie her und Jack folgte ihm.

Sie fanden Elodie, die sich etwas auf dem Boden ansah. Der Wald war dicht mit Bäumen bewachsen. Das Sonnenlicht schien durch die Blätter und erhellte den Wald. Ab und zu sprang ein Eichhörnchen von einem Baum und huschte wieder hinauf.

„Was ist das?“, fragte Elodie.

Sie zeigte auf eine Steintafel, die oben gewölbt und mit Moos bedeckt war. Davor stand ein Kästchen aus weißem Stein.

„Das sieht aus wie ein Grabstein.“ Jack fragte: „Warum sollte es in Onkel Thomas' Wald einen Grabstein geben?“

„Schauen wir mal, wessen Name darauf steht”, sagte Elodie und bückte sich, um das Moos zu beseitigen.

„Warte“, sagte Carter, „das kommt mir falsch vor. Wir sollten entweder den Stein freilegen oder das Kästchen öffnen.“

Sie sahen sich alle an.

„Das Kästchen“, sagten sie unisono.

Carter hob es vorsichtig auf und begann, das Moos, das es bedeckte, abzukratzen. Er sah Elodie und Jack an und schob nervös den Deckel ab.

„Wie seltsam“, sagte er, als er den Inhalt sah.

Darin befand sich ein hartes, umgedrehtes Stück Papier und ein ledernes Büchlein. Jack, Elodie und Carter setzten sich hin und inspizierten alles. Zuerst öffnete Carter das Büchlein. Es war leer, bis auf den Namen Thomas Willows auf der ersten Seite. Dann nahm er das Stück Papier in die Hand und drehte es auf die richtige Seite. Alle staunten, als sie sahen, was darauf geschrieben stand.

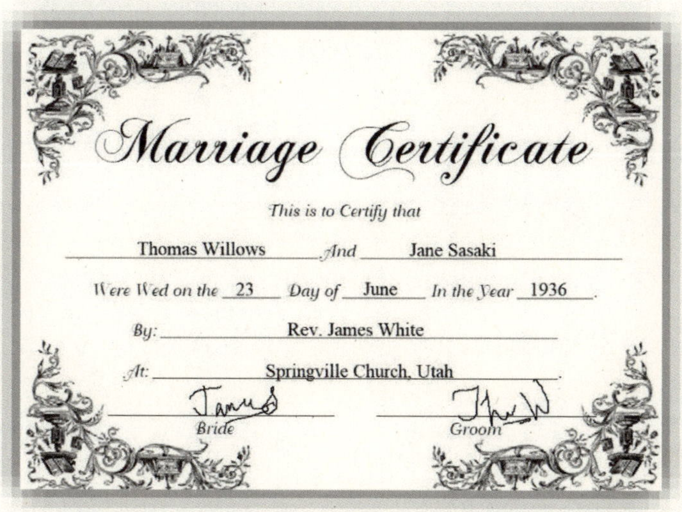
Marriage Certificate

This is to Certify that

Thomas Willows And Jane Sasaki

Were Wed on the 23 Day of June In the Year 1936.

By: Rev. James White

At: Springville Church, Utah

Bride

Groom

Elodie gab einen Laut von sich, der sich wie eine Mischung aus einem Schrei und einem

Keuchen anhörte. Carter begann schwer zu atmen und Jack starrte nur auf die Urkunde. Dann untersuchte Elodie das Kästchen genauer und fand ein Foto einer Frau. Sie schnappte nach Luft.

„Das ist das Foto, das ich an Weihnachten gesehen habe“, sagte Elodie, „und vielleicht auch das, das Mr Willows in der Hand hielt, als er weinte. Diese Frau sieht asiatisch aus.“

Jack schaute auf das Foto und dann auf den Grabstein. Er konnte es nicht mehr ertragen. Er stand auf und begann schnell, das Moos vom Stein zu kratzen. Als er fertig war, stand er auf und sah ihn an. Jack rieb sich die Schläfen, als ob er damit seine Kopfschmerzen wegwischen könnte. Carter und Elodie standen neben ihm.

Auf dem Grabstein stand:

In liebevoller Erinnerung an

Jane Sasaki Willows

Geliebte Tochter und Ehefrau

26. April 1904 – 8. November 1943

Jack, Elodie und Carter standen völlig geschockt da. Schließlich schluckte Elodie und keuchte heiser:

„Mr Willows war verheiratet?“

13

Springville, Utah
1936

Jane lachte, als Anna und Marie ihr den Schleier anlegten. Ihre Mutter, Akari, sorgte für den letzten Schliff an ihrem Samtkleid. Spitze wurde um ihre Taille gebunden und eine Perlenbordüre zierte das Oberteil des Kleides. Der Rock fiel in mehreren Lagen herab, so dass er wie eine Wolke aussah. Marie richtete ihr Haar und trat einen Schritt zurück, um sie anzusehen.

Marie holte tief Luft: „Jane, mein Mädchen, du siehst wunderschön aus."

Anna nickte: „Eine echte Prinzessin."

Akari lächelte sie an und Anna nahm Janes Hände in die ihren.

„Ich bin so nervös, Anna", sagte Jane, aber sie lächelte.

„Ehrlich gesagt, ich auch", sagte Anna, „aber so gespannt!"

Jane und Anna lachten wie Schulmädchen.

Richard steckte seinen Kopf hinter der Tür hervor: „Wow", sagte er und lächelte. „Kommt schon, es geht los."

Anna und Jane verließen den Raum. Yohei wartete draußen. Anna wünschte Jane Glück und ging mit Richard in die Kirche. Jane nahm den Arm ihres Vaters und lächelte ihn an. Die Kirchentüren öffneten sich und alle Anwesenden standen auf. Yohei und Jane schritten den Gang entlang. Thomas wartete vorne in der Kirche. Er sah genauso nervös aus wie Jane, aber seine Augen strahlten Liebe und Bewunderung aus.

Der Gottesdienst war fröhlich und der anschließende Empfang sehr chaotisch. Alle gratulierten Thomas und Jane. Die Leute überhäuften sie mit Geschenken. Es dauerte bis weit in den Abend hinein. Anna und Richard wichen bis zum Schluss nicht von Janes und Thomas' Seite.

„Ich schätze, du bist jetzt Mrs Willows“, sagte Richard lachend.

Jane lächelte: „Ich werde nie müde werden, das zu hören.“

* * *

Thomas und Jane waren ein sehr glückliches Paar. Thomas war ein Maestro und Jane spielte als Geigerin in seinem Orchester. Sie traten zusammen auf und beide waren liebevoll und freundlich. Sie liebten sich sehr und stritten fast nie. Thomas und Jane, Jane und Thomas. So war es nun einmal.

Wenn sie nur wüssten, dass sie bald auseinandergerissen werden würden.

14

Springville, Utah
Juni 1954

Jack, Elodie und Carter saßen fassungslos auf dem Waldboden und schwiegen. Warum lag das Grab von Thomas' Frau im Wald? Warum wusste niemand etwas davon?

„Was sollen wir jetzt tun?", fragte Elodie und kaute auf ihren Nägeln.

Jack holte tief Luft. „Wir behalten das für uns", sagte er. „Onkel Thomas hat das Grab offensichtlich schon lange nicht mehr gesehen. Schau dir das Moos an, das es bedeckt. Wir werden niemandem erzählen, was wir gefunden haben. Versprochen?“

Carter und Elodie nickten. „Versprochen.“

Sie standen alle auf. Jack hob das Kästchen auf und sie verließen leise den Wald.

„Wir müssen mehr darüber herausfinden“, sagte Carter. „Aber wo können wir suchen? Wir können niemanden fragen, sonst wird man uns fragen, woher wir von Mr Willows Frau wissen.“

„Ich weiß!“, rief Elodie aus.

„Psst“, zischte Jack.

„Wir sehen uns auf dem Dachboden um“, sagte Elodie etwas leiser. „Ich war nur einmal dort, aber es gibt so viele Kisten und Sachen dort oben. Wir werden bestimmt etwas finden.“

Carter und Jack stimmten zu.

„Wir müssen es jetzt tun“, sagte Elodie. „Mr Willows ist noch bei der Arbeit.“

Sie gingen alle zurück zum Haus. Jack eilte in sein Zimmer und stellte das Kästchen unter sein Bett. Dann liefen sie hinauf in den dritten Stock.

„Ich wusste nicht, dass dieses Haus einen Dachboden hat“, sagte Carter.

„Wir wussten auch nicht, dass dieser Ort versteckte Grabsteine hat“, sagte Jack.

Carter zuckte mit den Schultern: „Na gut.“

Elodie holte einen Stuhl aus dem Musikzimmer und schleppte ihn in die Mitte des Ganges. Sie kletterte darauf und drückte auf eine Holzplatte an der Decke. Das Paneel öffnete sich und Elodie zog eine Leiter heraus. Sie kletterte hinauf und Carter und Jack folgten ihr. Der Dachboden war ein staubiger Ort mit einem kleinen, runden Fenster an einer Seite. Er war mit Kisten und alten, kaputten Dingen zugerümpelt.

„Ich schätze, wir suchen jetzt“, sagte Elodie. „Sucht nach allem, was den Namen Jane trägt.“

Sie begannen, Kisten zu durchsuchen. Die meisten davon waren mit zerrissenen Büchern und altem Spielzeug gefüllt. Als Elodie sich umsah, entdeckte sie einen alten Geigenkasten, auf dem der Name Richard stand. Sie wollte gerade zu ihm gehen, als Carter sagte: „Auf dem Grabstein steht, dass Jane 1943 gestorben ist. Sie starb während des Zweiten Weltkriegs.“

„Und?“, fragte Elodie. „Während des Krieges sind viele Menschen gestorben.“

„Weißt du, dass alle Japaner in Internierungslager gebracht wurden? Das Foto von Jane sah aus, als wäre sie Japanerin“, sagte Carter.

„Gutes Argument, Carter“, sagte Jack, „vielleicht hatte ihr Tod etwas mit dem Zweiten Weltkrieg zu tun.“

„Aber warum sollte Mr Willows ihr Grab in einem Wald verstecken?“ Carter schluckte: „Glaubst du, er, ähm, hat sie umgebracht?“

Elodie verdrehte die Augen: „Sei kein Idiot, Carter. Mr Willows würde seine eigene Frau nicht umbringen.“

Sie suchten weiter, fanden aber nichts. Dann stieß Jack auf eine kleine Schachtel mit Briefumschlägen. Er öffnete einen und las ihn.

„Ich habe etwas gefunden!“, rief er.

Carter und Elodie gingen zu ihm. Er las den Brief laut vor.

„Lieber Thomas, ich habe kürzlich mein zweites Studienjahr abgeschlossen. Ich habe eine Stelle in einer kleinen Organisation bekommen. Die Arbeit ist hart, aber sie macht mir Spaß. Und wie geht es dir? Ich hoffe, dass dein Doktorat gut läuft. Ich selbst habe nicht den Mut, es zu machen! Mit freundlichen Grüßen Jane“

„Die Briefmarke ist aus Japan“, sagte Elodie.

Sie kramte in der Schachtel mit den Umschlägen und fand ein neueres Datum. Es war keine Briefmarke drauf, nur der Name Thomas und das Datum. Sie öffnete ihn und las laut vor.

„Mein liebster Thomas, ich hoffe, dass du diesen Brief nie lesen musst, aber wenn doch, dann weißt du jetzt wohl alles. Wahrscheinlich ist mir etwas zugestoßen. Bitte vergib mir, dass ich es dir nicht gesagt habe, denn ich habe einen Eid geschworen, es niemandem zu sagen. Bitte gib dir nicht die Schuld, wenn ich sterbe. Ich versichere dir, dass es nicht deine Schuld war. Es ist uns allen bestimmt zu sterben. Das Leben ist nur deshalb etwas Besonderes, weil es endet. Lebe dein Leben in vollen Zügen. In Liebe Jane“

„Wow“, sagte Carter, als Elodie geendet hatte, „was glaubst du, hat sie getan?“

„Ich weiß es nicht, aber es muss schlimm gewesen sein, wenn sie dafür sterben musste”, sagte Jack. „Es muss eine Erklärung dafür geben.“

Sie lasen weiter Briefe.

* * *

Thomas ging tief in Gedanken versunken von der Arbeit nach Hause. Er hatte in dieser Woche viel zu tun. Als er sich umsah, erblickte er eine Frau mit langen dunklen Haaren und dunklen Augen. Er blinzelte.

„Jane?“, flüsterte er.

Thomas blinzelte erneut und sah ein fremdes Gesicht. Thomas atmete schwer, er klammerte sich an das Geländer und versuchte, seinen Atem zu beruhigen.

„Geht es Ihnen gut, Sir?“, fragte das junge Mädchen, das ihn ansah.

Thomas versuchte zu lächeln: „Mir geht es gut, Danke.“

Er richtete sich auf und ging nach Hause. Rogers kam ihm an der Tür entgegen und nahm ihm den Hut ab.

Oben auf dem Dachboden hörten Jack, Elodie und Carter die Tür zuschlagen. Sie sahen sich gegenseitig an.

„Er ist wieder da!“, rief Elodie. „Beeilt euch!“

Sie legten die Briefe zurück in die Schachtel und kletterten die Leiter hinunter. Elodie schloss die Klappe und schleppte den Stuhl zurück ins Musikzimmer. Gerade noch rechtzeitig. Thomas kam die Treppe hinauf und sah sie an.

„Was habt ihr drei vor?“, fragte er.

„Ähm, nichts, Mr Willows“, sagte Elodie.

Sie packte Jack und Carter an den Ellbogen und zerrte sie in die Küche. Sie setzten sich keuchend an den Tisch.

„Das war knapp", sagte Jack, „zu knapp."

„Und wir haben nicht viel herausgefunden", sagte Carter.

Elodie biss sich auf die Lippe: „Es gibt einen Ort, an dem wir noch nicht gesucht haben."

„Wo?", fragte Jack.

„Im Arbeitszimmer von Mr Willows."

„Bist du wahnsinnig?", fragte Carter. „Er wird uns umbringen, wenn er uns da drin erwischt."

„Also gehen wir hin, wenn er bei der Arbeit ist", sagte Elodie. „Wir haben gute Chancen, dort etwas zu finden."

„Ich glaube nicht, dass das eine gute Idee ist", sagte Carter.

Sie sahen beide Jack an.

Jack nickte. „Wir müssen es tun", sagte er. „Wir stecken viel zu tief in der Sache drin, um jetzt aufzuhören."

15

Am nächsten Tag ging Thomas am Morgen zur Arbeit. Carter kam eine Stunde später. Marta wollte nicht, dass Jack, Elodie und Carter etwas taten, ohne zu essen. Also frühstückten sie ausgiebig und machten sich auf die Suche nach Theo. Er war im Hinterhof und kümmerte sich um den Garten. Er grüßte sie, als sie auf ihn zukamen.

„Theo, wir brauchen einen Gefallen", sagte Jack ernst.

„Was für einen Gefallen?", fragte Theo, der Jacks Ernsthaftigkeit entsprach.

Elodie zögerte: „Wir begeben uns auf eine gefährliche Suche."

„Um die Wahrheit zu finden“, Carter stimmte ein.

„Für Gerechtigkeit und Ehre“, sagte Jack.

Ein Lächeln regte sich an Theos Mundwinkel: „Und was braucht ihr von mir?“

„Wenn Mr Willows nach Hause kommt, lenke ihn so lange wie möglich ab”, sagte Elodie.

Theo schaute sie skeptisch an: „Solange ihr euch nicht umbringt. In Ordnung, ich werde...“

„Danke, Theo“, sagte Jack, und sie rannten alle los.

Sie vergewisserten sich, dass niemand hinsah, und gingen in den zweiten Stock. Elodie sah sich noch einmal um und öffnete die Tür zu Thomas' Arbeitszimmer.

„Carter, du bleibst an der Tür und hältst Ausschau nach Mr Willows“, sagte Elodie. „Jack und ich werden uns umsehen.“

Sie suchten lange Zeit. Jack und Elodie durchsuchten Bücher und Schubladen, fanden aber nichts. Sie waren kurz davor, aufzugeben. Dann sah Elodie eine kleine Schublade an Thomas' Schreibtisch. Sie öffnete sie vorsichtig und fand darin ein zerknittertes Stück Papier. Sie glättete es und las es laut vor.

„Hör dir das an“, sagte sie. „Liebe Jane, meine Tage sind voller Trauer um dich. Jetzt, wo du nicht mehr da bist, wird mir mein furchtbarer Fehler bewusst. Ich weiß, dass es sehr schwer für dich sein wird, aber bitte verzeih mir. Mein Stolz hat mich blind dafür gemacht, wie sehr ich dich liebe. Ich werde... Hier endet es“, sagte Elodie.

„Das muss von Mr Willows geschrieben sein“, flüsterte Carter. „Ich frage mich, was er getan hat, das so schrecklich war.“

Als Jack das Papier genauer betrachtete, hörte Carter Schritte.

„Da kommt jemand!“, rief er. „Versteckt euch!“

Jack und Carter versteckten sich schnell hinter den Vorhängen und Elodie passte irgendwie in einen Schrank. Jemand betrat den Raum. Jack spähte durch die Vorhänge. Es war Thomas. Jacks Herz raste. Thomas würde den Brief und die offene Schublade sehen. Thomas ging zu seinem Schreibtisch und setzte sich. Wie sollten sie hier rauskommen?

Dann klopfte es an der Tür. Thomas gab seine Erlaubnis, einzutreten und Theo kam herein.

„Ähm, Mr Willows, ich habe gerade zwei Arten von Blumen gepflanzt und ich habe mich gefragt, welche Sie bevorzugen würden“, sagte Theo.

„Egal welche, Theo“, erwiderte Thomas.

„Vielleicht sollten Sie sie anschauen kommen”, sagte Theo. „Ich würde es nicht ertragen, etwas zu pflanzen, das diesen schönen Garten ruiniert.“

Thomas seufzte, aber er folgte Theo in den Garten.

Du bist der Beste, Theo!, dachte Jack und kam aus seinem Versteck hervor.

Elodie fiel aus dem Schrank und rieb sich den Rücken.

„Lass uns abhauen“, sagte Carter.

Sie rannten aus dem Arbeitszimmer und in Jacks Schlafzimmer. Als sie dort ankamen, fielen sie alle auf den Boden.

„Wir sind Theo etwas schuldig“, sagte Elodie. „Ich habe den Brief noch.“

Jack schoss hoch: „Was? Er wird merken, dass er fehlt! Bleib hier.“

Jack rannte zurück ins Arbeitszimmer und schob den Brief zurück in die Schublade. Dann rannte er wieder hinaus. Direkt in Thomas hinein.

Thomas packte Jack an den Schultern. „Jack? Was hast du da drin gemacht?“, fragte er.

Jack war sprachlos.

„Antworte mir, du nutzloser Bengel!“, brüllte Thomas. „Warum warst du ohne Erlaubnis in meinem Arbeitszimmer? Wirklich, du bist genau wie dein Vater.“

Jack hörte auf, sich zu wehren. Er hatte seinen Vater nie richtig gekannt. Jack wusste nicht, was für ein Mensch er war, aber er verspürte den plötzlichen Drang, ihn zu verteidigen.

„Du hast meinen Vater nicht einmal gekannt!“, schrie Jack. „Du kannst nicht einfach so etwas sagen!“

„So wirst du in meinem eigenen Haus nicht mit mir sprechen!“, sagte Thomas.

Plötzlich waren Elodie und Carter an seiner Seite.

„Schreien Sie ihn nicht an, Mr Willows!“, rief sie. „Es war meine Idee! Jack hatte nichts damit zu tun!“

„Ihr alle hört mir zu“, sagte Thomas wütend, „ich war sehr großzügig zu euch. Ihr rennt in meinem Haus herum und seid ohrenbetäubend laut. Das Mindeste, was ihr tun könnt, ist, meine Privatsphäre zu respektieren. Ich will keinen von euch jemals wieder hier sehen. Habt ihr verstanden?“

Elodie und Carter nickten. Sie führten Jack zurück in sein Zimmer. Jack schniefte und wischte sich über die Augen.

„Es interessiert mich nicht mehr“, sagte Jack. „Onkel Thomas und Jane sind mir egal, auch was mit ihnen passiert ist.“

„Das ist schon in Ordnung, Jack“, sagte Carter. „Ich will auch nicht mehr nachforschen.“

„Ich auch nicht“, sagte Elodie. „Lasst uns einfach so viel Spaß haben, wie wir können, solange du noch hier bist.“

Elodies Worte versetzten Jack einen Stich ins Herz. Er hatte vergessen, dass er bald abreisen musste.

16

Springville, Utah
Dezember 1941

Es läutete, als Jane Annas Laden betrat.

Anna begrüßte sie. „Wie findest du es?“, fragte sie und deutete auf den neuen Musikladen, den sie und Richard eröffnet hatten.

„Es ist wunderschön, Anna“, sagte Jane.

Anna bemerkte, dass Jane ein wenig nervös aussah. Sie lud sie zum Tee ein und sie unterhielten sich eine Weile.

„Hast du von dem Bombenangriff auf Pearl Harbour gehört?“, fragte Anna.

„Wer hat das nicht?“, antwortete Jane. „Keiner schaut mich mehr an.“

Anna nahm ihre Hand: „Geht es deinen Eltern gut?“

„Im Moment schon“, sagte Jane. Sie biss sich auf die Lippe.

„Was ist los, Jane?“, fragte Anna.

„Japanische Bürger werden in Internierungslager gesteckt, Anna“, sagte Jane. „Ich habe einfach Angst.“

Anna sprach eine Weile mit ihr und versicherte ihr, dass alles in Ordnung sei. Dann bemerkte sie, dass Jane einen Geigenkasten in der Hand hielt.

Jane reichte Anna den Koffer.

„Glaubst du, du kannst dich für mich darum kümmern?“, fragte sie. „Wenn sie mich wegbringen, möchte ich, dass meine Geige sicher bleibt.“

„Mach dir keine Sorgen, Jane. Ich werde sie mit meinem Leben beschützen“, sagte Anna. „Ich verspreche es.“

17

Springville, Utah
Juni 1954

Carter trat gegen einen Kieselstein auf der Straße, als sie zu dritt zur Bäckerei Peters gingen, um Thomas' Erdbeertörtchen zu holen. Jack, Elodie und Carter hatten die letzten paar Tage damit verbracht, Zeit miteinander zu verbringen. Sie versuchten, Spaß zu haben, aber die Erinnerung daran, dass Jack in einer Woche abreisen musste, schien sie zu belasten.

Sie kamen in der Bäckerei an und holten die Torten. Als sie nach Hause gingen, hatte Elodie das seltsame Gefühl, dass sie verfolgt wurden. Sie drehte sich um und sah Harold und ein paar andere, die ihnen leise folgten.

Als Elodie sie sah, rannte Harold an ihnen vorbei und versperrte ihnen den Weg.

„Lange nicht mehr gesehen, Verräter“, sagte Harold. „Und was hast du so getrieben?“

Jack seufzte verärgert: „Kannst du uns bitte einfach gehen lassen? Ich bin wirklich nicht in der Stimmung.“

„Nein, ich kann dich nicht einfach gehen lassen“, antwortete Harold. „Ich führe eine Untersuchung über deine Lügen durch.“

„Wir wollen nur nach Hause gehen, Harold“, sagte Carter. Er war besorgt, dass Elodie etwas tun könnte, was sie bereuen würde. Sie sah aus, als wäre sie kurz davor, zu explodieren.

„Wir lassen dich nicht gehen, bevor du uns nicht genau sagst, was deine Eltern getan haben.“

Jack war verwirrt und hatte genug von diesen Fragen: „Was meinst du?“

Bevor Harold antworten konnte, schnappte sich Elodie eine Torte aus ihrem Korb und warf sie Harold ins Gesicht. Harold war schockiert. Er wischte sich den Erdbeerschleim aus dem Gesicht und starrte Elodie an.

„Du kleine…“

Elodie wurde klar, dass sie ein bisschen zu weit gegangen war. „Lauft!“, rief sie Carter und Jack zu.

Sie rannten los; Harold und seine Freunde verfolgten sie.

Jacks Lunge brannte, seine Muskeln schmerzten. Endlich kamen sie nach Hause und schlossen das Tor. Harold stand auf der anderen Seite des Tores und war bereit, Elodies Leben zu beenden. Elodie streckte ihm von der anderen Seite die Zunge heraus.

„Ha!“, sagte sie. „Du kannst hier nicht reinkommen, sonst bringt dich Mr Willows um.“

Harold knurrte und schlug gegen das Tor. Elodie johlte und rannte hinein, während Jack und Carter hinter ihr herliefen.

„Du bist ganz schön frech, Elodie“, sagte Jack und keuchte. „Aber das war der größte Spaß, den ich seit Tagen hatte.“

Die drei lachten, als Thomas und Rogers die Treppe herunterkamen und sich unterhielten.

„Ich brauche jemanden, der sich das Klavier ansieht, Rogers“, sagte Thomas. „Mr Parker würde es gerne kaufen. Ich brauche jemanden, der es stimmt. Kennen Sie jemanden?"

„Ich fürchte nein, Sir", antwortete Rogers, „aber ich werde jemanden finden."

„Was ist mit Tyler und Marie?", schlug Elodie vor.

Thomas und Rogers sahen sie an.

„Ihnen gehört Annas Laden, der Musikladen in der Innenstadt", erklärte Elodie. „Tyler kann Klaviere stimmen."

„Oh, ich verstehe", sagte Thomas betreten. „Rogers, würden Sie ihn bitten, zu kommen und das Klavier zu stimmen? Morgen Mittag."

Rogers sagte, dass er das tun würde, und ging, um Tyler aufzusuchen. Thomas sah Jack, Elodie und Carter misstrauisch an. Dann ging er die Treppe hinauf.

„Denkst du denn nie nach, bevor du etwas sagst, Elodie?", fragte Carter. „Tyler und Marie sind die Eltern von Mr Willows. Er hat sie rausgeworfen."

„Ich weiß, aber vielleicht versöhnen sie sich, wenn sie wieder zusammen sind."

„Oder sie werden sich gegenseitig in Stücke reißen“, sagte Jack. „Warum verkauft er das Klavier überhaupt?“

Carter zuckte mit den Schultern: „Ich schätze, wir werden den Rest unserer Zeit hier verbringen müssen“, sagte er grinsend, „da Harold uns draußen jagt.“

Elodie und Jack lächelten ihn an. Den Rest des Tages verbrachten sie damit, das Haus zu erkunden und auf die Bäume im Garten zu klettern. Als Jack an diesem Abend ins Bett ging, zählte er die Tage, die er noch hier sein würde.

Wie war es möglich, dass fast ein Jahr vergangen war? Letztes Jahr wollte er nichts mit diesem Ort zu tun haben. Er wollte zurück in sein einsames, unglückliches Leben zu Hause. Jack stellte fest, dass er sich in Springville mehr zu Hause fühlte als im Haus seines Onkels und seiner Tante. Elodie hatte recht, solange er mit seinem Aussehen zufrieden war, war ihm alles egal, was die anderen sagten.

18

Es klopfte an der Tür. Elodie, Jack und Carter beeilten sich, sie zu öffnen. Drei Personen standen draußen: Tyler, Marie und ein Mann mit grauen Haaren und einem ausgefallenen Schnauzbart.

„Hallo!“, rief Elodie. „Sie müssen Mr Parker sein! Mr Willows sagte, Sie würden kommen, um unser Klavier zu kaufen. Mir gefällt Ihr Schnurrbart.“

Tyler und Marie versuchten, nicht zu lachen.

„Danke, junge Dame“, sagte Herr Parker mit einem amüsierten Lächeln. „Du musst die berühmte Elodie sein.“

Elodie nickte und wies sie an, hereinzukommen. Sie führte Mr Parker ins Wohnzimmer, wo Thomas bereits wartete. Jack und Carter führten Tyler und Marie in das Musikzimmer.

„Wie stimmt man eigentlich ein Klavier?“, fragte Jack, als sie dort ankamen.

„Die Antwort auf diese Frage würde eine sehr lange Erklärung erfordern“, sagte Tyler und setzte sich auf den Klavierhocker. „Ich glaube, es ist besser, wenn du einfach zuschaust.“

Marie begann, einzelne Tasten auf dem Klavier zu spielen. Elodie kam ein paar Minuten später ins Zimmer. Tyler öffnete den Deckel des Klaviers und untersuchte die Saiten. Marie spielte einen Ton und Tyler stellte die Saiten ein. Das ging einige Zeit so weiter.

Jack, Elodie und Carter schauten neugierig zu, auch wenn sie nichts verstanden. Nach einer halben Stunde wurde es ihnen langweilig und sie begannen, sich die anderen Instrumente im Raum anzusehen. Eine Stunde später waren Tyler und Marie mit dem Stimmen des Klaviers fertig. Sie verließen alle das Musikzimmer und gingen nach oben, um Thomas zu suchen.

Thomas und Mr Parker unterhielten sich im Wohnzimmer. Tyler und Marie kamen herein. Thomas sah Tyler einige Sekunden lang in die Augen und begrüßte sie dann. Tyler teilte ihm mit, dass das Klavier gestimmt sei. Thomas führte Mr Parker die Treppe hinauf und Tyler und Marie machten sich bereit zu gehen. Jack, Carter und Elodie sahen sich gegenseitig an. Sie hatten beschlossen, Tyler und Marie gegenüber zuzugeben, dass sie von Jane wussten.

„Wir müssen euch etwas sagen", sagte Jack. „Wir - wir wissen von Jane. Wir haben ihr Grab im Wald gesehen."

Sie erzählten ihnen alles, was sie herausgefunden hatten. Marie und Tyler sahen sich erstaunt an.

„Ich verstehe", sagte Tyler.

„Es tut uns leid, Tyler", sagte Elodie. „Wir konnten nicht anders, als mehr herauszufinden."

„Meint ihr, ihr könntet uns noch etwas über sie verraten?", fragte Carter.

„Es tut mir leid, Carter", sagte Marie. „Wir haben versprochen, das geheim zu halten."

Tyler sah in ihre traurigen Gesichter.

„Wie wäre es, wenn wir einen Spaziergang durch den Wald machen?“, schlug er vor.

Alle waren einverstanden.

Sie gingen in den Hinterhof und betraten den Wald. Sie besuchten das Grab von Jane. Jack beobachtete Tyler und Marie genau. Maries Augen füllten sich mit Tränen und Tyler legte seinen Arm um sie.

„Nun, ich werde übermorgen abreisen“, sagte Jack.

„Oh“, sagte Tyler. „Wir werden kommen, um dich zu verabschieden, Jack.“

„Ihr müsst uns noch einmal besuchen kommen“, sagte Marie lachend, „sonst wird Elodie uns mit ihrem Gejammer betäuben.“

Elodie protestierte und alle lachten, bis auf Carter. Er blinzelte auf etwas in der Ferne.

„Was ist das?“, fragte Carter.

Alle blickten auf das, worauf er deutete. Zwischen den Bäumen befanden sich zwei bogenförmige Objekte. Sie waren fast nicht zu sehen, weil sie mit Moos bedeckt waren. Gemeinsam gingen sie auf sie zu. Sie sahen genauso aus wie Janes Grab.

„Noch mehr Gräber?“, fragte Elodie. Sie zitterte.

Tyler sah verwirrt aus: „Ich wusste von Janes Grab, aber welche Gräber sind das?“

Elodie und Carter begannen, das Moos abzukratzen. Nur Tyler, Marie und Jack erkannten die Namen, sobald sie sichtbar waren.

In liebevoller Erinnerung an

Richard Stanley

Geliebter Sohn, Ehemann und Vater

29. Juli 1904 – 8. November 1943

In liebevoller Erinnerung an

Anna Stanley

Geliebte Tochter, Ehefrau und Mutter

7. Dezember 1907 – 8. November 1943

„Hey, Jack“, sagte Elodie mit einem Funken der Erkenntnis, „ist dein Nachname nicht Stanley?“

Jack antwortete nicht. Er atmete schwer. Seine Eltern; sie waren hier. Plötzlich wurde er von Wut geblendet. Tränen füllten seine Augen, als er an Tyler und Marie vorbei ins Haus rannte.

Carter und Elodie rannten hinter ihm her und versuchten, ihn aufzuhalten. Jack stieß mit Ansley zusammen. Sie lächelte Jack an, doch dann sah sie sein Gesicht.

„Was ist los?“, fragte sie.

Jack stieß sie weg und rannte die Treppe hinauf. Er stürmte in das Musikzimmer, wo Mr Parker Klavier spielte.

„Jack“, sagte Thomas, „was soll das?“

„Sag es mir!“, brüllte Jack.

Thomas und Herr Parker schauten überrascht. Elodie, Carter und Ansley kamen keuchend ins Zimmer.

„Ansley“, sagte Thomas und rieb sich die Stirn, „bring ihn in sein Zimmer.“

„Nein!“, schrie Jack und wehrte sich gegen Ansleys Griff. „Du musst es mir sagen!“

Mr Parker stand auf: „Vielleicht können wir später endgültige Entscheidungen über das Instrument treffen, Thomas“, sagte er. „Ich werde mich besser verabschieden.“

Er lächelte Elodie an und ging.

„Was glaubst du eigentlich, was du da tust?“, forderte Thomas. „Du hast mich lächerlich gemacht, Jack.“

„Ach, lass den Jungen in Ruhe, Thomas“, sagte Marie und kam ins Zimmer. „Er hat die Gräber seiner Eltern im Wald gesehen.“

Die Farbe wich aus Thomas' Gesicht. „Hat er das?“

„Ich denke, du schuldest ihm eine Erklärung“, sagte Tyler. „Ich denke, es ist an der Zeit, dass du dem ganzen Haus die Wahrheit sagst.“

Thomas sah wie gefangen aus. Es war offensichtlich, dass er sein Geheimnis nicht preisgeben wollte. Dann sah er Jacks tränenüberströmtes Gesicht und seufzte niedergeschlagen.

„Ansley, versammle alle im Wohnzimmer“, sagte Thomas. „Es ist Zeit, dass ich euch meine Geschichte erzähle.“

* * *

Thomas, Elodie, Jack, Carter, Tyler, Marie und das Personal saßen im Wohnzimmer. Carter hatte angeboten, zu gehen, aber Jack hatte ihn gebeten, zu bleiben. Er hatte es genauso verdient, dies zu hören wie die anderen. Thomas sah aus wie ein verängstigter kleiner Junge. Marie setzte sich neben ihn und nahm seine Hand.

„Ich - ich war nicht ehrlich zu euch“, sagte Thomas. „Ihr wart mir und meiner Familie viele Jahre lang sehr treu, es ist an der Zeit, dass ihr von meiner Vergangenheit erfährt und was ich getan habe. Ich habe in meinem Leben viele Fehler gemacht. Ich verstehe vollkommen, wenn ihr gehen wollt, nachdem ihr das gehört habt.“

Thomas wandte sich an Jack: „Du hast es am meisten verdient, das zu hören, Jack. Du hast dein Leben lang nur Bruchstücke über deine Eltern und deren Tod gewusst. Ich verspreche dir, diese Erklärung wird dir helfen. Auch wenn sie nicht alle deine Fragen beantwortet, wird sie dir ein paar Antworten geben.“

Thomas holte tief Luft und begann.

19

Als ich mit dem Studium begann, ging eine meiner engsten Freundinnen, Jane Sasaki, zum Studieren nach Japan. Wir schrieben uns und ich merkte langsam, dass ich in sie verliebt war. Zwei Jahre später kehrte sie zurück und wir kamen zusammen. Ein paar Jahre später haben wir geheiratet. Das Leben war schön. Ich war Dirigent des örtlichen Orchesters und Jane war Geigerin.

Wir lebten in diesem Haus. Wir führten ein einfaches Leben mit einem geregelten Tagesablauf. Dann begann der Krieg. Deutschland besetzte Polen, Großbritannien und Frankreich erklärten den Krieg. Amerika schaffte es, sich bis zum japanischen Angriff auf Pearl Harbour herauszuhalten. Am Tag nach Pearl Harbour erklärte Amerika den Krieg an Japan. Damit begannen unsere Probleme. Jane begann, sehr distanziert zu werden. Sie verbrachte viel Zeit allein. Als sie in Japan war, hatte sie einen Job bekommen. Normalerweise hatte sie nicht viel Arbeit. Jane schickte ein paar Briefe an ihre Organisation und war damit fertig. Nach dem japanischen Angriff begann sich ihre Arbeit zu überschlagen.

Jane musste aus dem Orchester aussteigen, um all ihren Aufgaben und Projekten gerecht zu werden. Sie hat mir nie richtig gesagt, was sie da macht. Sie sagte, es sei nicht wichtig. Eines Tages ging ich mit dem Mittagessen in das Arbeitszimmer, in dem Jane arbeitete. Ich fand sie schlafend vor, ihr Schreibtisch war mit Papieren bedeckt.

Ich stellte das Tablett mit dem Essen auf dem Tisch ab, als mir ein Schreiben auf einem Stück Papier ins Auge fiel. Ich hob den Brief auf und las ihn durch. Darin wurde Jane aufgefordert, alles, was sie herausgefunden hatte, nach Japan zu melden. Zuerst verstand ich nicht, was auf dem Papier stand. Dann dachte ich darüber nach, was in der Welt geschah. Japan und Amerika befanden sich im Krieg. Wenn Japan Jane aufforderte, Bericht zu erstatten, dann musste sie ein...

Jane wachte auf und sah meinen fassungslosen Gesichtsausdruck. Sie wollte wissen, was ich da mache und versuchte, mir den Zettel wegzunehmen. Ich zog ihn von ihr weg und sah ihr in die Augen."

„Was ist das, Jane?", fragte ich. „Warum bittet Japan dich, Bericht zu erstatten?"

„Das ist nur etwas für meine Arbeit", sagte sie.

„Es wird Zeit, dass du mir sagst, was dein Job ist", sagte ich. „Warum meldest du dich bei den Japanern? Bist du eine Spionin?"

Ich schaute in ihr Gesicht, in der Hoffnung, etwas zu sehen, das mir sagte, dass ich falsch lag. Aber alles, was ich sah, waren Schuldgefühle.

„Wie konntest du nur?", schrie ich. „Du verrätst dein eigenes Land."

Jane starrte mich an: „Japan ist mein Land, Thomas. Ich diene Japan."

Meine Wut explodierte. Wir fingen an, uns gegenseitig anzuschreien. Ich kritisierte sie dafür, dass sie mir nie gesagt hatte, dass sie eine Spionin war und dass sie den Job überhaupt angenommen hatte. Jane flehte mich an, mich zu beruhigen. Wir hörten bald auf, uns anzuschreien und sprachen erst am nächsten Tag wieder miteinander.

Jane erzählte mir, dass sie als Spionin einen Eid auf Geheimhaltung geschworen hatte und dass sie ihre Arbeit nicht aufgeben würde. Sie flehte mich an, dies alles geheim zu halten."

Ich sah sie wütend an: „Das werde ich, aber erwarte nicht, dass ich dir das verzeihen werde."

Ich drehte mich um und verließ den Raum. Ich drehte mich nicht um, auch nicht, als Jane anfing zu weinen.

In den nächsten Tagen sprachen Jane und ich kaum miteinander. Jane versuchte, mit mir zu reden, aber ich beendete das Gespräch immer. Ich fühlte mich schuldig, weil ich ein Geheimnis vor meinem Land bewahrt hatte. Ich wusste, dass ich einer Spionin half. Ich wusste, dass ich getötet werden könnte, wenn es jemand herausfindet. In diesem Moment war mir mein eigenes Leben wichtiger als das Leben meiner Frau.

Dann machte ich den größten Fehler meines Lebens. Ich verriet Jane an die örtliche Polizei."

* * *

„Sie haben was getan?“, fragte Elodie.

Thomas schaute beschämt auf seine Hände. Alle sahen Thomas erstaunt an.

„Aber sie war Ihre Frau!“, fuhr Elodie fort.

„Sei still, Elodie”, sagte Marie. Sie nahm die Hand ihres Sohnes: „Erzähle weiter.“

* * *

Ich rief bei der Polizei an und erzählte ihnen alles. Jane war zu Besuch bei Anna, Jacks Mutter. Sie sagte, sie wolle ihre Geige bei ihr lassen, nur für den Fall. Als sie zurückkam, konnte ich sie nicht ansehen. Sie fragte, was los sei, aber bevor ich antworten konnte, klopfte es an der Tür. Jane wollte gerade öffnen, als vier Polizeibeamte ins Haus stürmten.

Sie sahen Jane an und wussten sofort, dass sie die japanische Spionin war, von der ich ihnen erzählt hatte. Sie packten sie an den Armen und sagten, sie sei verhaftet. Jane war zunächst verwirrt, aber dann begriff sie, was los war. Sie sah mich an, ihre Augen waren voller Zorn. Sie sah aus, als wolle sie mich angreifen, aber dann verzog sich ihr Gesicht.“

Janes Augen füllten sich mit Tränen: „Ich dachte, du liebst mich.“

Das waren die letzten Worte, die sie sagte, bevor die Polizei sie abholte. Nachdem sie gegangen waren, brach ich zusammen.

Die Tage vergingen, aber ich bemerkte es kaum. Die örtliche Polizei informierte mich, dass Jane in ein Internierungslager in Topaz gebracht worden war. Wochenlang habe ich mit niemandem gesprochen. Jeden Morgen erwartete ich, dass Jane mich zum Frühstück rief. Ihre Stimme schien im ganzen Haus widerzuhallen. Ich wollte stolz auf mich sein. Ich hatte meinem Land einen Gefallen getan, nicht wahr? Aber alles, was ich fühlte, waren Schuldgefühle. Ich nahm eine Auszeit vom Orchester und füllte meine Zeit mit dem Studium für meine Doktorarbeit.

Meine Freunde sahen deutlich, dass etwas nicht stimmte, aber ich sagte ihnen nie, was. Egal, wie oft sie fragten.

Eines Tages war ich im Musikzimmer. Ich hatte es seit Wochen nicht mehr betreten. Ich sah mir mein altes Cello an, das darum bettelte, gespielt zu werden. Ich versuchte, Musik zu machen, aber meine Arme wollten nicht funktionieren. In diesem Moment bemerkte ich einen Umschlag auf Janes Klavier. Ich legte das

Cello zur Seite und öffnete den Umschlag. Es war ein Brief von Jane. Ich weiß nicht, wann sie ihn geschrieben hat, aber es schien, dass sie wusste, dass sie bald verhaftet werden würde.

Ich las den Brief.

Mein liebster Thomas,

Ich hoffe, dass du diesen Brief nie lesen musst, aber wenn doch, dann weißt du jetzt wohl alles. Wahrscheinlich ist mir etwas zugestoßen. Bitte vergib mir, dass ich es dir nicht gesagt habe, denn ich habe einen Eid geschworen, es niemandem zu sagen. Bitte gib dir nicht die Schuld, wenn ich sterbe. Ich versichere dir, dass es nicht deine Schuld war. Es ist uns allen bestimmt zu sterben. Das Leben ist nur deshalb etwas Besonderes, weil es endet. Lebe dein Leben in vollen Zügen.

In Liebe,
Jane

Nachdem ich den Brief gelesen hatte, stiegen mir Tränen in die Augen. Ich musste mich bei ihr entschuldigen. Ich beschloss, Jane einen Brief zu schicken. Ich wusste nicht, ob er das japanische Internierungslager erreichen würde, aber ich musste es versuchen. Ich ging in mein Arbeitszimmer und begann, einen Brief an Jane zu schreiben.

Meine liebe Jane,

Meine Tage sind erfüllt von Trauer um dich. Jetzt, wo du nicht mehr da bist, wird mir mein furchtbarer Fehler bewusst. Ich weiß, dass es sehr schwer für dich sein wird, aber bitte verzeih mir. Mein Stolz hat mich geblendet, sodass ich nicht sehen konnte, wie sehr ich dich liebe. Ich werde es...

Plötzlich war mir, als hörte ich Janes Lachen um mich herum. Ich wusste, dass es nicht ausreichte, ihr nur einen Brief zu schreiben. Ich musste sie hierher zurückbringen. Ich musste ihr zeigen, dass ich sie immer noch liebte. Ich weiß nicht, was ich mir dabei dachte. Vielleicht hat mein Kummer meine Vernunft blockiert. Ich wusste, dass Jane nicht nach Hause zurückkehren würde, wenn ich sie nicht zurückholte. Also beschloss ich, in das japanische Internierungslager einzubrechen und sie zurückzubringen.

Ich verbrachte einige Tage mit der Planung, wie ich Jane zurückholen wollte. Sie war in Topaz untergebracht, das mit dem Bus in etwa zwei Stunden zu erreichen war. Ich wusste nicht, in welchem Zustand sie sein würde, also brauchten wir einen Ort, an dem wir uns erholen konnten. Ich plante meinen Einbruch, unsere Flucht und unsere Vorratsliste. Ich war bereit. Zumindest dachte ich das. Ich hatte keine Ahnung, worauf ich mich einließ.

Ich nahm den Bus nach Topaz und fand das Internierungslager. Es gab dort Tausende von Menschen. Kinder rannten umher, während Erwachsene mit grimmiger Miene miteinander sprachen. Wie sollte ich Jane finden? Ich hielt mich eine Weile versteckt und beobachtete den Ort. Die Polizei patrouillierte in der Gegend, aber es gab ein kleines Zeitfenster, in dem sie ihre Position änderte. In diesem Moment eilte ich schnell zum Stacheldrahtzaun und rief einer jungen Frau zu, die mit ihrem Kind spielte.

Vorsichtig kam sie zu mir herüber.

„Kennen Sie eine Frau namens Jane Sasaki Willows?“, fragte ich.

Die Frau dachte eine Weile nach: „Ich glaube schon. Sie wurde vor ein paar Wochen hierher gebracht.“

„Wird sie bewacht?“, fragte ich.

„Wir werden alle bewacht, Sir“, sagte mir die Frau. „Die Wachen wurden angewiesen, jeden zu erschießen, der zu fliehen versucht.“

„Können Sie Jane bitte sagen, dass sie nach Einbruch der Dunkelheit herkommen soll?“, fragte ich. „Es ist sehr wichtig.“

Die Frau zögerte, aber dann nickte sie.

„Danke“, sagte ich und eilte zurück in mein Versteck.

Ich wartete ein paar Stunden und überlegte mir, wie ich Jane von dort wegbringen könnte. Stacheldrahtzäune umgaben das Lager und die Haupttore waren immer bewacht. Meine einzige Chance waren die wenigen Minuten, in denen die Wachen ihre Posten tauschten. Ich ging schnell zu dem ausgemachten Treffpunkt. Immer wenn die Wachen nicht da waren, grub ich in dem losen Dreck. Es war ein Wunder, dass niemand das Loch im Boden bemerkte, als ich fertig war.

Gegen Mitternacht sah ich jemanden um das Loch herumschleichen. Ich rannte dorthin und sah Jane. Sie sah furchtbar aus. Ihr Gesicht war blass und sie war sehr dünn geworden. Ihre Wangen waren eingefallen, und ihre Augen sahen fiebrig aus.

Janes Augen weiteten sich, als sie mich sah.

„Thomas?“, sagte sie. „Was machst du denn hier?“

„Jane, es tut mir alles so leid“, sagte ich. „Ich bin gekommen, um die Dinge wieder in Ordnung zu bringen. Ich deutete auf das Loch, das unter dem Stacheldrahtzaun hindurchführte. „Wir gehen nach Hause.“

Jane brauchte eine Sekunde, um zu verstehen, was ich gesagt hatte. Sie schüttelte den Kopf: „Nein, ich werde nicht aus diesem Ort ausbrechen. Das würde uns beide in Gefahr bringen.“

„Wenn du nicht mitkommst, bleibe ich hier“, sagte ich hartnäckig.

In diesem Moment kam ein Wachmann auf seinen Posten und sah uns.

„Hey!“, rief er, „Was macht ihr da?“

„Komm jetzt, Jane“, sagte ich eindringlich.

Jane zögerte, dann kletterte sie durch das Loch. Wir begannen zu rennen. Der Wachmann brüllte und blies dann in seine Pfeife. Wir hörten Schreie, als wir durch die dunkle Wüste rannten. Die Wachen begannen auf uns zu schießen, aber wir rannten weiter. Wir waren so nah an dem Versteck, das ich gemacht hatte, als Jane plötzlich fiel. Ich dachte, sie sei gestolpert, aber dann sah ich, wie sich eine Blutlache an ihrer Seite bildete."

„Jane!", rief ich.

Ich lief zu ihr und hob sie auf. Ich trug sie zu der kleinen Höhle, die ich gefunden hatte. Es war fast unmöglich, sie in der Dunkelheit wieder zu finden.

„Jane!", flüsterte ich. Ich schlug ihr sanft auf die Wange.

Ihre Augen blinzelten. Sie sah mich und ergriff meine Hand.

„Thomas", ächzte sie, „du musst gehen. Sie werden dich umbringen, wenn sie dich hier mit mir finden."

Ich schüttelte den Kopf: „Ich werde dich nicht verlassen."

Sie lächelte mich traurig an: „Ich werde es nicht schaffen." Sie umklammerte ihre Seite.

Ihr Kleid war blutdurchtränkt.

Tränen stiegen mir in die Augen und ich wischte sie wütend weg. Ich wollte es nicht wahrhaben, aber ich wusste, dass Jane recht hatte. Wir würden es niemals rausschaffen, ohne erwischt zu werden."

„Bitte geh", flehte Jane, „du musst mich hier lassen. Ich werde immer bei dir sein und wir werden uns eines Tages wiedersehen."

Ich beugte mich hinunter und küsste ihre Wange. Ich hielt ihre Hand, bis ihre Augen sich schlossen und ihre Muskeln sich entspannten. Dann zog ich meine blutverschmierte Jacke aus und legte sie über sie.

Ich sah Jane ein letztes Mal an und rannte aus der Höhle. Ich hörte nicht auf zu rennen, bis ich den Busbahnhof erreichte. Da dämmerte es bereits. Ich kaufte ein Ticket und fuhr zurück nach Springville. Ich ging nach Hause und warf meine Kleider weg. Meine Eltern waren nicht zu Hause, Gott sei Dank. Ich wusch mir das Gesicht und ging zu meinen Freunden Anna und Richard.

Ich muss so ausgesehen haben, als hätte ich die ganze Nacht nicht geschlafen, denn Richard nahm mich sofort auf und gab mir etwas zu essen. Ich versuchte, ihm etwas zu sagen, aber er ließ mich nicht, bis ich gegessen hatte und mich beruhigt hatte. Anna kam und setzte sich zu uns.

„Ich habe so viele Fehler gemacht, Richard“, flüsterte ich. „Ich wollte das nicht.“

Richard klopfte mir nur auf den Rücken und sagte, ich solle mich beruhigen. Als ich mit dem Essen fertig war, holte ich tief Luft. Ich wollte ihnen gerade erzählen, was gestern Abend passiert war, als es an der Tür hämmerte.

Anna beeilte sich, sie zu öffnen und Polizeibeamte stürmten herein.

„Was hat das zu bedeuten?“, schrie Richard.

„Mr Stanley, ich habe vernommen, dass Sie mit Jane Sasaki Willows gut befreundet waren?“, fragte ihn ein Beamter.

Richard nickte.

„Letzte Nacht gab es einen Einbruch im japanischen Internierungslager Topaz. Mrs Willows gelang es, mit einer anderen Person zu entkommen. Wir haben ihre Leiche ein paar Stunden später in einer Höhle gefunden. Wir haben gerade das Haus von Mr Willows durchsucht, aber nichts Verdächtiges gefunden“, sagte der Beamte.

„Sie hatten kein Recht dazu!“, schrie ich.

„Ich bin Polizeibeamter, Mr Willows. Es ist meine Aufgabe, diese Dinge zu tun. Wir werden auch dieses Haus durchsuchen müssen."

Wir konnten nichts tun, um sie aufzuhalten. Sie stellten das Haus auf den Kopf. Ein Polizist ging die Treppe hinauf und kam mit einem Geigenkasten heruntergestürmt. Mein Magen krampfte sich zusammen. Er gehörte Jane; ihr Name war in einen Lederaufnäher auf dem Deckel des Koffers eingraviert.

Der Polizeibeamte hob die Augenbrauen. Er öffnete den Koffer und untersuchte die Geige.

„Die gehört Ihnen nicht!", rief Anna.

Der Beamte ignorierte sie. Er hob die Geige vorsichtig auf und betrachtete sie, während seine Mitarbeiter den Koffer durchsuchten. Ich dachte, er sei fertig, aber dann zog er ein Taschenmesser heraus und drückte es auf den Mittelsteg des Instruments. Er sprang hervor. Er schnitt den Rest des Instruments auf. Im Inneren der Geige befanden sich mehrere Papiere, alle auf Japanisch.

Der Offizier lächelte triumphierend.

„Mr und Mrs Stanley, Sie sind beide wegen Hochverrats verhaftet", sagte er.

Die Polizisten packten sie an den Händen und zogen sie nach draußen. Ich versuchte, etwas zu sagen, aber meine Stimme funktionierte nicht. Anna und Richard kämpften. Richard trat den Wachmann, der Anna abführte. Der Polizeichef sah gleichgültig drein, zog seinen Revolver und erschoss Richard. Anna schrie auf. Sie wehrte sich gegen die Beamten und kauerte sich zu Richard hinunter, der dort lag.

Sie schluchzte. Ich sah hilflos zu. Ich hätte zugeben sollen, dass ich derjenige war, der in das Lager eingebrochen war, aber ich sah nur zu. Anna schrie den Offizier vor Wut an. Sie stürzte sich auf ihn und er schoss auch auf sie. Ich war so geschockt, dass ich mich nicht bewegen konnte.

„Bringen Sie sie weg“, sagte der leitende Beamte.

Sie gingen alle. Ich sah Richard und Anna nie wieder. Ein paar Stunden später erhielt ich einen Anruf, in dem mir mitgeteilt wurde, dass sie beide gestorben waren. Ich hätte etwas tun können, irgendetwas, um ihren Tod zu verhindern, aber ich tat es nicht.

An diesem Tag starben meine Frau und meine beiden besten Freunde. Es war alles meine Schuld.

20

Alle saßen so fassungslos im Wohnzimmer, dass sie sich nicht einmal bewegen konnten. Ansley drückte sich ein Kissen an die Brust, Theo saß neben ihr und sah verloren aus und Marta und Rogers starrten auf den Boden. Elodie saß vor Tyler auf dem Boden. Sie lehnte sich gegen seine Beine und schniefte. Carter saß neben ihr und starrte wütend auf den Boden, als könnte er die Vergangenheit ändern, wenn er nur fest genug hinstarrte.

Tyler streichelte Elodie das Haar und sah Thomas und Marie an. Marie weinte leise. Jack saß in einem Sessel neben Tyler. Er beobachtete Thomas. Thomas hatte den Kopf in seine Hände gestützt. Jack konnte sehen, wie ihm Tränen über das Gesicht liefen. Jack wusste nicht, was er denken sollte. Thomas war für den Tod seiner Eltern verantwortlich.

Alle waren so verloren, dass sie nicht bemerkten, wie eine Gestalt am Fenster kauerte und alles mit anhörte.

* * *

Ein paar Minuten lang saßen sie alle schweigend da. Elodie erholte sich bald und sah Thomas an.

„Mr Willows, Sie müssen den Leuten erzählen, was wirklich passiert ist“, sagte Elodie. „Jemand hat ein Gerücht über Jack verbreitet. Jetzt verstehe ich es. Sie haben ihn einen Spion genannt, weil alle glauben, dass seine Eltern einem japanischen Spion geholfen haben.“

Thomas sah Elodie hilflos an. Er sah aus wie ein Junge. „Ich weiß“, flüsterte er.

Jack wollte gerade etwas sagen, als ein Rascheln am Fenster ertönte. Er schaute hin und sah jemanden weglaufen.

„Oh nein“, sagte er.

„Das war Harold Peters!“, rief Elodie. „Er wird allen erzählen, was er herausgefunden hat.“

Sie eilte zur Tür hinaus und verfolgte ihn.

„Harold!“, rief sie. „Harold, bleib stehen!“

Harold rannte die Straße hinunter und durch eine Gasse. Elodie rannte hinter ihm her.

„Bitte, Harold!“, rief Elodie. „Halt!“

Harold blieb an einer kleinen Brücke stehen. Er ging auf den Vorsprung und schaute auf das Wasser unter ihm. Elodie ging zu ihm. Er schaute sie an. Elodies Augen weiteten sich vor Schreck. Harold weinte.

„Was ist denn los?“, fragte sie.

„Es tut mir leid, Elodie“, sagte Harold. „Ich verspreche, ich werde niemandem erzählen, was ich gehört habe.“

Elodie war verwirrt. „Was hast du dort überhaupt gemacht?“

Harold holte tief Luft: „Meine Mutter starb während Pearl Harbour. Mein Vater war wütend auf die Japaner. Er hörte von Jacks Eltern und war entschlossen, sich an jemandem zu rächen. Er hat mich dazu gebracht, mehr über Jack herauszufinden, aber jetzt, wo ich diese Geschichte gehört habe...“

Elodie tätschelte behutsam seinen Arm. „Das mit deiner Mutter tut mir leid, Harold. Ich weiß, dass es schwer für dich sein muss. Ich verspreche dir, dass Mr Willows alles wieder in Ordnung bringen wird. Sag es nur niemandem, bevor er es tut."

Harold nickte und lachte dann. Er wischte sich die Tränen ab: „Du sagst besser niemandem, dass ich geweint habe."

Elodie lächelte, „Das kann ich nicht versprechen."

* * *

Elodie kehrte nach Hause zurück und versicherte allen, dass Harold niemandem etwas verraten würde. Marta hatte allen Tee gekocht, aber Thomas wollte keinen haben.

„Thomas hatte Tyler und mir gesagt, dass er die ganze Sache geheim halten wollte", sagte Marie. „Wir waren wütend und haben ihn verlassen. Wir haben Annas Musikladen übernommen, den Musikladen deiner Mutter, Jack."

„Die einzige Person, der ich es erzählt habe, waren dein Onkel und deine Tante", sagte Thomas.

Sie saßen eine Weile schweigend da. Dann stand Jack auf.

„Du hast viele Fehler gemacht, Onkel Thomas“, begann Jack, „es war falsch von dir, in das japanische Lager einzubrechen. Es war falsch von dir, deine Frau zu verraten. Du hast das alles geheim gehalten. Deine Fehler führten zu Janes Tod und zum Tod meiner Eltern.“

Thomas schaute beschämt zu Boden. „Es tut mir leid, Jack.“

„Aber jetzt, wo ich deine Geschichte gehört habe, sehe ich, dass du alles aus Liebe getan hast“, sagte Jack. „Du hast Jane geliebt und du hast meine Eltern geliebt. Ich weiß, das mag seltsam klingen, aber ich verstehe, warum du diese Fehler gemacht hast.“

Alle sahen Jack erstaunt an.

„Einmal sagte der Prediger in der Kirche, dass unser Leben geplant ist. Es gibt nichts, was wir dagegen tun können. Wir werden zu einer bestimmten Zeit geboren und wir sterben zu einer bestimmten Zeit. Ich glaube nicht, dass irgendetwas Janes Tod oder den Tod meiner Eltern hätte verhindern können.“ Jack holte tief

Luft: „Ohne dich, Onkel Thomas, hätte es so viele Menschen in meinem Leben nicht gegeben."

Er wollte Thomas dafür hassen, was er getan hatte. Er war schließlich der Grund, warum er ein Waisenkind war. Aber jetzt, wo er Thomas so sah, wie er wirklich war, ein Mann, der seine Frau und seine Freunde verloren hatte, aber die ganze Zeit über stark geblieben war, fühlte Jack nur noch Liebe.

„Ich vergebe dir, Onkel Thomas", sagte Jack.

Thomas' Augen füllten sich mit Tränen, aber er lächelte: „Ich verspreche es dir, Jack. Ich werde alles in Ordnung bringen."

Sie verbrachten den Rest des Tages mit Gesprächen. Elodie, Jack und Carter hatten endlich ihre Ermittlungen abgeschlossen. Tyler unterhielt sich noch lange mit Thomas. Marie, Theo, Ansley und Rogers halfen Marta in der Küche.

Jack saß eine Weile und dachte nach. Die Wahrheit war sehr schmerzhaft, aber sie zu kennen, verschaffte ihm etwas Klarheit über dieses Leben. Er beobachtete Elodie und Carter, die sich darüber stritten, wer der bessere Detektiv sei.

Jack lächelte. Er hatte wirklich die besten Freunde.

21

In dieser Nacht lag Jack in seinem Bett und konnte nicht schlafen. Seine Sachen lagen im ganzen Zimmer verstreut. Jack starrte aus dem Fenster und schaute sich im Zimmer um. Sein Blick ruhte auf seinem Schreibtisch, wo Janes Tagebuch und die Schachtel mit den Heiratsurkunden lagen. Jack stand auf und ging zu seinem Schreibtisch.

Er beschloss, sie zurückzugeben.

Jack schlich auf Zehenspitzen aus seinem Zimmer und ging zu Thomas' Zimmer. Er klopfte an die Tür.

„Herein“, rief Thomas.

Jack ging hinein. Thomas lächelte ihn an.

„Hallo, Jack."

„Hallo, Onkel Thomas", sagte Jack. „Ich wollte dir das nur zurückgeben."

Er legte das Tagebuch und die Schachtel auf Thomas' Bett. Thomas bedankte sich bei ihm. Jack wollte gerade gehen, als Thomas ihn aufhielt.

„Warte, Jack", sagte er, „ich muss mich bei dir entschuldigen."

„Wofür?", fragte Jack.

„Für alles. Ich war sehr unhöflich zu dir, seit du hier bist. Es ist nur so, dass du mich so sehr an deinen Vater erinnerst. Ich sehe ihn jedes Mal, wenn ich dich ansehe."

„Wirklich?", flüsterte Jack.

Thomas nickte und deutete Jack an, sich auf das Bett zu setzen.

„Dein Vater hat gerne gelesen und er war auch Geiger", sagte Thomas. „Er war auch ein Geigenbauer. Du hast diese Narbe bekommen, als du mit einer seiner unfertigen Geigen gespielt hast."

Jack hörte begierig zu. Noch nie hatte jemand mit ihm über seinen Vater gesprochen.

„Deine Eltern, Jane und ich haben gerne zusammen Quartett gespielt", erklärte Thomas.

„Janes Lieblingslied war Oh My Love Is Like A Red Red Rose. Deshalb bin ich an meinem Geburtstag auch hinausgestürmt. Das Lied erinnerte mich an sie. Deine Mutter war der netteste Mensch, den ich je getroffen habe. Sie war so sanftmütig, dass sie uns alle in den Wahnsinn trieb."

Sie blieben lange auf und redeten.

Ich habe vielleicht meine Eltern verloren, dachte Jack, als Thomas ihm Geschichten erzählte, aber ich habe immer noch eine Familie.

22

Carter hustete, als Staub in seine Nase drang.

„Was machen wir hier, Elodie?“, fragte er. „Wir sollten jetzt bei Jack sein, er reist in zwanzig Minuten ab!“

„Wir müssen ihm ein Geschenk geben, bevor er geht“, sagte Elodie. „Ich habe das perfekte Geschenk. Ich erinnere mich, es hier gesehen zu haben.“

„Warum sollte das perfekte Geschenk auf dem Dachboden sein?“, fragte Carter.

„Ich weiß es nicht, okay?“, sagte Elodie. „Schau einfach.“

Währenddessen wartete Jack draußen auf seine Tante und seinen Onkel. Tyler, Marie, das Personal und Thomas waren bei ihm, aber wo waren Elodie und Carter?

Thomas legte eine Hand auf Jacks Schulter und lächelte ihn an. Jack lächelte zurück. Der Tag war voller Verabschiedungen und Geschenke gewesen. Tyler und Marie hatten ihm ein Musikbuch geschenkt. Ansley schenkte ihm ein Tagebuch und Marta gab ihm das Rezept für ihr Rührei.

„Damit du dich an den Geschmack meines Essens erinnern kannst", sagte Marta.

Thomas hatte ein altes Foto von Jacks Eltern gefunden und gab es ihm.

Bald darauf fuhr eine Kutsche die Straße hinauf und hielt vor dem Haupttor. Jacks Onkel und Tante stiegen aus und begrüßten alle. Thomas erklärte, dass Jack alles wusste und dass er den Ruf von Anna und Richard ins Reine bringen würde. Sie schienen etwas überrascht zu sein, aber Jack konnte erkennen, dass sie dankbar waren.

Thomas stellte Jacks Koffer in den Wagen. Jack umarmte alle und verabschiedete sich von ihnen. Er wollte nicht gehen, ohne Carter und Elodie zu sehen. Jack schaute zum Haus und hoffte, sie zu sehen. Als er sie nicht sah, begann Jack traurig in die Kutsche zu steigen.

„Jack! Warte!", rief Elodie. Sie rannte zu ihm. Carter folgte ihr, in der Hand einen Geigenkasten.

Sie blieben vor Jack stehen und keuchten.

„Wir wollten nicht, dass du ohne etwas gehst, das dich an uns erinnert", sagte Elodie.

Carter reichte ihm den Geigenkasten. Auf ihm war der Name Richard eingraviert. „Er gehörte deinem Vater", sagte er. „Jetzt gehört er dir."

Jack sah seine Freunde an. Seine Augen füllten sich mit Tränen und er schlang seine Arme um sie.

„Danke", sagte er. „Ich werde euch sehr vermissen."

Carter und Elodie umarmten ihn zurück.

„Dann auf Wiedersehen", sagte Jack und wischte sich die Nase.

„Hey, Freunde sagen nicht auf Wiedersehen, Jack", sagte Elodie, „sie sagen 'bis zum nächsten Mal'."

Jack lächelte. Er wollte gerade wieder in die Kutsche steigen, als ihm jemand zurief.

„Warte!“ Es war Harold Peters.

Harold rannte zu Jack: „Ich wollte mich für alles entschuldigen, was ich getan habe.“

„Das ist schon in Ordnung, Harold“, sagte Jack.

Harold schenkte ihm ein breites Grinsen und reichte ihm einen Korb: „Erdbeertörtchen.“

Jack nahm ihn dankend an. Er kletterte in die Kutsche und sah sie alle noch einmal an.

„Komm bald wieder, Jack“, sagte Thomas.

Jack nickte. Die Kutsche fuhr los und Jack winkte allen zu. Er hörte nicht auf zu winken, bis er sie nicht mehr sehen konnte.

23

Springville, Utah
1943

Thomas saß auf Annas Platz und stützte den Kopf in die Hände. Was hatte er getan? Jane, Richard und Anna waren tot. Schuldgefühle schienen ihn zu erdrücken. Dann spürte Thomas, wie jemand auf sein Knie tapste. Ein zweijähriger Junge watschelte auf ihn zu. Er hatte eine lange Narbe quer über seine linke Wange.

„Papa?“, fragte er und zerrte an Thomas' Hose.

Thomas hob den Jungen hoch und setzte ihn auf seinen Schoß. „Nein, Jack“, sagte Thomas, „nicht Papa. Onkel Thomas.“

Jack rieb sich schläfrig die Augen. Er begann zu weinen. „Mama?“

Thomas schaukelte ihn sanft und ging in die Küche. Er gab Jack eine Flasche. Jack nahm sie ihm sofort ab und begann, die Milch zu trinken. Thomas schaute ihn traurig an. Jack verstand nicht, dass er ein Waisenkind war. Er verstand nicht, dass seine Eltern wegen Thomas tot waren.

Thomas konnte es nicht ändern.

Tränen liefen über seine Wangen: „Es tut mir so leid, Jack.“

Jack schaute Thomas neugierig an. Er wischte sich die Tränen aus dem Gesicht.

Thomas lächelte und küsste seine Hand. „Du bist ein süßer Junge“, sagte er.

Thomas kümmerte sich für den Rest des Tages um Jack. Er rief Richards Bruder an und erzählte ihm, was passiert war. Richards Bruder sagte, dass sie so schnell wie möglich zu ihm kommen würden. Jack bekam von all dem nichts mit. Er spielte mit Thomas.

Er ging in den Musikladen und klopfte auf das Klavier.

Thomas lächelte: „Du wirst eines Tages ein großer Musiker sein, Jack. Genau wie deine Eltern."

Thomas hockte sich vor Jack hin: „Ich verspreche dir, Jack. Eines Tages werde ich dir erzählen, was mit deinen Eltern passiert ist. Ich werde alles in Ordnung bringen. Du wirst die Wahrheit erfahren."

Thomas tippte Jack auf die Nase und Jack lachte. Sein Lachen klang wie Musik.

Danksagungen

Ein ganz besonderer Dank geht an meinen Deutschlehrer Jonathan Beile, der sich zwischen zwei Welten bewegt hat, Ideen und Umgangssprache eingebracht und die Geschichte aus dem Englischen ins Deutsche übersetzt hat. Danke an Teresa Roe, dass sie sich die Zeit genommen hat, dieses Buch zu lektorieren.

Danke an meine Englischlehrerin, Amy Brown, die mich zum Schreiben ermutigt hat.

Ganz besonders viel Dank und Liebe gelten meiner Familie. Meiner Schwester Emily, die dieses Buch als erste gelesen hat. Meiner Mutter, die mich immer unterstützt hat.

Danke an die Alphy School für ein wunderschönes Cover.

Und schließlich hätte ich diese Geschichte nicht ohne meinen unglaublichen Vater schreiben können. Danke, dass du mir bei jedem Schritt auf dieser Reise geholfen hast.